*Hermann Hesse est né en 1877 à Calw, petite ville
allemande au pied de la Forêt-Noire. Protestant d'origine balte par son père et suisse par sa mère, destiné
au pastorat, il fit ses études dans le Wurtemberg avant
d'exercer plusieurs professions : mécanicien, antiquaire,
libraire. A vingt-deux ans, il fait paraître à Bâle ses
premiers poèmes, auxquels succèdent* Peter Camenzind
(1904), L'Ornière *(1906),* Gertrude *(1910) qui lui donnent la notoriété.*

*Voyageur, il parcourt l'Italie et séjourne deux ans aux
Indes, où sa mère est née, et qui exerceront sur lui une
influence durable.* Rosshalde *paraît en 1914 ;* Demian
en 1919.

*Après avoir séjourné dans les environs de Berne, où il
avait écrit* Knulp *(1915), Hermann Hesse s'installe défi-
nitivement, en 1919, à Montagnola, au bord du lac de
Lugano. Il y poursuivra son œuvre avec* Siddhartha
(1922), Le Loup des steppes *(1927),* Narcisse et Goldmund *(1930),* Le Voyage en Orient, *préfacé par André
Gide (1932),* Le Jeu des perles de verre *(1943).*

*La guerre de 1914-1918 avait scellé l'opposition de
l'écrivain à l'impérialisme allemand, et quand il
renonça à sa nationalité d'origine pour se faire natu-
raliser suisse, en 1923, il suivit son inclination tout en
remontant le cours de son atavisme. Romain Rolland
rendit hommage à sa probité intellectuelle et à son
pacifisme dans* Au-dessus de la mêlée.

*Lauréat du prix Goethe, Hermann Hesse reçut le prix
Nobel en 1946. Il mourut en 1962, entouré d'une estime
universelle.*

Paru dans Le Livre de Poche :

NARCISSE ET GOLDMUND.
LE LOUP DES STEPPES.
SIDDHARTHA.
ROSSHALDE.
LE DERNIER ÉTÉ DE KLINGSOR.
PETER CAMENZIND.
KNULP.

Paru dans la série « Biblio » :

ENFANCE D'UN MAGICIEN.
L'ORNIÈRE.
LE VOYAGE EN ORIENT.
LE POÈTE CHINOIS.
GERTRUDE.
UNE PETITE VILLE D'AUTREFOIS.

HERMANN HESSE

Demian

Histoire de la jeunesse d'Émile Sinclair

TRADUIT DE L'ALLEMAND
PAR DENISE RIBONI

Texte revu et complété
par Bernadette Burn

PRÉFACE DE MARCEL SCHNEIDER

STOCK

© *Suhrkamp Verlag, 1925.*
© *Éditions Stock, 1946, 1974.*
Tous droits réservés pour tous pays.

Je ne voulais qu'essayer de vivre ce qui voulait spontanément surgir de moi. Pourquoi était-ce si difficile ?

PRÉFACE

Qui pouvait prévoir que Hermann Hesse connaîtrait les forts tirages ? Maître de la jeunesse allemande dans les années 1920, il avait peu d'audience dans les autres pays et même l'attribution du prix Nobel en 1946 n'avait guère augmenté le nombre de ses lecteurs. Gide le notait avec regret dans sa préface au si nervalien Voyage en Orient : « On n'a guère attention de nos jours que pour les explosifs, et les écrits tempérés font long feu. Lorsqu'ils ont une vertu réelle, ce n'est qu'après quelques années que se propage et s'élargit leur sillage. » Gide songeait à sa propre aventure littéraire ; dans le cas de Hesse, il se demandait ce qui mettrait le feu aux poudres. L'initiative en revient aux jeunes Américains contestataires, aux adeptes des mouvements psychédélique et hippie. L'incendie dépasse en intensité ce que pouvaient supputer les plus optimistes des admirateurs de Hesse : plus de sept millions d'exemplaires de ses romans ont été vendus aux Etats-Unis.

*Siddhartha paru en 1922 vient en tête avec deux
millions et demi d'exemplaires. On devine pourquoi : c'est une légende hindoue. La jeunesse
hostile à la civilisation occidentale, qu'elle accuse
de matérialisme, demande l'aide de l'hindouisme
et du bouddhisme. Siddhartha que Hesse écrivit
après son long séjour aux Indes et qu'il pensa
même présenter comme « traduit de l'hindou »
devient le livre de chevet des idéalistes impéni-
tents. Revanche posthume, succès imprévu, décon-
certant et qui demande réflexion.*

*Si la sagesse orientale a exercé un constant
ascendant sur Hesse, il s'en faut de beaucoup qu'il
ait renié ses origines. Il a déclaré à ce sujet :
« On m'appela souvent « bouddhiste », ce qui me
faisait rire, car au fond je me sentais plus éloigné
de cette religion que de toute autre. Je ne m'aperçus que plus tard que cette imputation portait en
elle une ombre de vérité. Si j'avais cru que
l'homme pût choisir de son plein gré sa religion,
je pense qu'en effet j'aurais ressenti le désir d'une
religion conservatrice : j'aurais été disciple de
Confucius, de Brahma ou de l'Eglise catholique.
Mais en cela j'aurais satisfait un désir de popula-
rité et non pas celui d'une acceptation innée. Je
suis non seulement, par hasard, le fils de pieux
protestants, mais encore protestant du fond de
mon âme. »*

*Ses ancêtres avaient été pasteurs et mission-
naires, Hesse voulut d'abord les imiter. Mais sen-
tant bientôt qu'il n'était pas né pour administrer
le sacré, il abandonna le séminaire pour préparer
les voies à une vocation poétique qui ne prit corps
qu'une dizaine d'années plus tard quand il atteignit*

vingt-six ans. Qu'il fût ou non pasteur ne change rien au fait que sa réflexion reste d'essence métaphysique et religieuse. Hermann Hesse en appelle à la conscience morale, à l'amour de la nature et à la suprématie de la civilisation. Il prêche le consentement à l'ordre du monde tout en préservant la liberté intérieure. Il s'agit avant tout de concilier les aspirations de l'individu et les nécessités sociales. Hesse a cherché à sauver ce qui peut encore être sauvé dans le monde actuel et à régénérer l'actuelle société en lui donnant le goût d'un humanisme nouveau.

Il n'y a qu'une chose qu'il a refusée constamment et de toutes ses forces, c'est le recours à la violence et à la guerre. Quand éclata la première guerre mondiale, il entra en conflit avec l'Allemagne, avec les pays en guerre, avec lui-même. Il ne pouvait que renier les sociétés qui tolèrent l'idée de la guerre. Avait-il vécu jusque-là dans le mensonge, ou du moins dans un conformisme hypocrite puisqu'il s'était accommodé des formes d'une civilisation qui rend la guerre possible ? Dégagé de toute obligation militaire, il se retira en Suisse dès 1914. Il acquit la citoyenneté de ce pays sept ans plus tard. Romain Rolland, avec qui il s'était lié d'amitié, lui rend hommage dans Au-dessus de la mêlée *en le désignant comme « le seul qui ait conservé dans cette guerre démoniaque une attitude gœthéenne ». Il paya très cher cette rupture avec le monde et subit une dépression nerveuse qu'il se résolut à traiter par une cure psychanalytique. Ce fut un élève de Jung qui s'en acquitta de mai 1916 à novembre 1917.*

La première guerre et ses conséquences coupèrent en deux la vie et l'œuvre littéraire de Hesse. Né à Calw, dans le Wurtemberg, le 2 juillet 1877, fils de pasteur — comme tant d'écrivains allemands et anglo-saxons — il se forma d'abord une conception du monde nettement romantique : le titre de son premier recueil de poèmes, Romantische Lieder, est tout à fait explicite. Ses premiers romans, d'allure autobiographique, transposent librement une expérience personnelle dans une aventure fictive et décrivent l'évolution intérieure du héros. Ils appartiennent au genre du Bildungsroman que Goethe a illustré avec Wilhelm Meister et qui, de Tieck à Gottfried Keller et à Thomas Mann, reste une constante de la littérature germanique. Peter Kamenzind (1904) enseigne que l'amour de la nature tient lieu de religion. L'ouvrage attira l'attention des critiques et valut à l'auteur une certaine notoriété dans son pays. Le roman suivant, L'Ornière (1905), traite de la vie scolaire, Gertrude (1910) de l'inquiétude amoureuse et Rosshalde (1914) de ce qui en est souvent la conséquence, le mariage. En cours de route (1916) clôt la série. La guerre et le choc psychique qu'elle imposa à Hesse, l'effondrement de l'Allemagne l'obligèrent à réviser les principes sur lesquels il avait vécu et à concevoir une nouvelle morale. Il abandonna le roman psychologique et réaliste pour le genre allégorique : il renoue ainsi avec les romantiques allemands, avec le Henri d'Ofterdingen de Novalis ou le Vase d'or de Hoffmann. C'est que désormais il s'attache à une conception magique de l'existence. Elle nous vaut les cinq grands romans de la seconde période,

Demian *(1919)*, Siddhartha *(1922)*, Le loup des steppes *(1927)*, Narcisse et Goldmund *(1930)* et *enfin une sorte de roman d'anticipation,* Le Jeu des perles de verre *(1943), où Hesse a mêlé tous les genres et prouvé ses dons de poète, de philosophe et de visionnaire et qui est à la fois son* Faust *et son* Wilhelm Meister. *Retiré dans le Tessin, il y est mort le 9 août 1962 dans sa quatre-vingt-cinquième année.*

Les poèmes et les romans de Hesse lui avaient attiré l'admiration de quelques-uns, mais non l'adhésion d'un vaste public, et cela même dans les années où il était le maître à penser de la jeunesse allemande en désarroi, c'est-à-dire entre 1920 et 1930. Peu soucieux de gloires mondaines, Hesse ne s'en chagrinait pas. Dans son ermitage sylvestre de Montagnola, dans le Tessin, il aspirait surtout à vivre en harmonie avec l'ordre du monde et à posséder la gloire intérieure.

L'utopie pédagogique, forme renouvelée du Bildungsroman, *qu'est* Le Jeu des perles de verre, *rappelle les* Années de voyage de Wilhelm Meister, *mais en prenant le contrepied de toutes les conclusions de Goethe. Imaginez un boulier où s'alignent des perles multicolores. A la place des perles mettez des équations algébriques, des lois de géométrie et d'astronomie, un choral de Bach et un verset de la Bible : par une chimie intellectuelle on obtient un jeu d'un genre nouveau où la toute-puissance de l'esprit conjugue la science, le sens du beau et du bien. Mais Hesse parvient à des conclusions opposées à celles de Goethe. Alors que celui-ci prônait en son temps la spécialisation et la technique, Hesse réclame la culture universelle.*

Alors que la morale de Wilhelm Meister se résume à « Renonce et sois utile », Hesse ne conseille que le silence et la méditation. C'est par la méditation, la plongée en soi-même (Versenkung) que selon le principe hindou on parvient à la sagesse, au bonheur et à la perception de ce qui constitue le but suprême : l'unité cachée, l'identité de l'univers et de l'esprit humain.

Hermann Hesse condamne également la philosophie hégélienne de l'histoire où le devenir se fait nécessité, le nietzschéisme mal compris dont les nazis se sont prévalus, la déification de la machine, la confusion intellectuelle née du désordre de nos connaissances et de la spécialisation à outrance, enfin l'amoralité et les appétits belliqueux. Hesse ne donne qu'une règle : « Rentre en toi-même et médite ! » Libre à nous de faire de cette prescription un principe, une règle de conduite, un idéal.

Est-ce le primat de la méditation et le pacifisme intégral de Hesse qui font sa faveur dans la jeunesse contestataire américaine ? S'il a dénoncé la civilisation technologique et l'empire de la machine, il n'a jamais prôné le recours à la drogue ni à la révolution. Ce qu'il a toujours affirmé, c'est la nécessité de se retirer dans le château de l'âme comme dit Thérèse d'Avila. Il ne cherchait pas à enseigner, persuadé que la sagesse ne se communique pas comme se communique le savoir, parce que toute expérience est singulière et ne vaut que pour celui qui la fait. « L'espace qui semble exister entre le Monde et l'Eternité, entre la Souffrance et la Félicité, entre le Bien et le Mal, écrit-il dans Siddhartha, n'est qu'une illusion. Bouddha attend aussi bien dans le joueur de dés que dans le brigand. » On ne sait pas qui est saint, qui possède Dieu et la vérité. Aussi doit-on considérer avec une chaleureuse compréhension toutes les tentatives que font les autres pour trouver leur destinée. Des chercheurs très différents de nous appartenaient aussi à notre cercle, lisons-nous dans Demian. « Parmi eux il y avait des astrologues et des kabbalistes, et même un disciple du comte Tolstoï, et bien d'autres hommes encore, tendres, timides, vulnérables, adeptes de sectes nouvelles, de méthodes hindoues, végétariens, etc. Avec tous ces gens, nous n'avions de commun, au point de vue spirituel, que le respect que chacun doit éprouver pour le rêve secret d'autrui. » Est-ce cette tolérance et la diversité des attitudes possibles en face de la vie et du monde qui recommandent Hesse auprès des jeunes gens en colère ?

Un de leurs porte-parole en Angleterre, Colin Wilson, lui a consacré un chapitre de son essai The Outsider (paru en 1955) où il rangeait Hesse parmi les « outsiders romantiques ». Le livre parut en français sous le titre L'Homme en dehors puisqu'on ne pouvait pas l'appeler L'Etranger. Mais c'est bien à la philosophie de l'absurde développée par Camus que se réfère Colin Wilson. L'Etranger, pense-t-il, est un homme qui prend conscience du chaos, de l'anarchie qui existent derrière « l'ordre » dont se contentent ceux qui disent oui au monde et à la société. Nécessité donc pour les « étrangers » de se séparer du reste, de se révolter et de mourir irréconciliés. Demian, Siddhartha et Le Loup des steppes, autant de variations sur le thème de l'Etranger. A propos du premier de ces trois livres, Colin Wilson note : « Les conclusions de

Demian *sont évidentes. Le problème est celui de la Réalisation de soi. Accepter l'idée d'un ordre social ne suffit pas ; cette lâcheté ne conduit pas à la liberté. Avant de découvrir un ordre réel, il faut affronter et traverser le chaos ; telle est la conviction de Hesse. En termes théologiques, il fallait manger le fruit du bien et du mal. Nous retrouverons, à propos de Blake et de Nietzsche, l'idée que le bien et le mal ne sont pas des antinomies, mais les manifestations d'une force qui les comprend tous deux. »*

Sous diverses formes Hesse n'a traité qu'un seul sujet : l'homme à la poursuite de lui-même. C'est par excellence le thème de Demian, *roman d'une adolescence qui est un des chefs-d'œuvre de ce genre littéraire. « La vraie mission de tout homme, écrit-il dans* Demian, *est celle-ci : parvenir à soi-même. Son affaire est de trouver sa propre destinée, non une destinée quelconque, et de la vivre entièrement. Chacun de nous est un essai de la nature, dont le but est l'homme. J'étais un essai de la nature, un essai dans l'incertain, essai qui aboutirait peut-être à quelque chose de nouveau, peut-être à rien, et laisser se réaliser cet essai, du sein de l'Inconscient, subir cette volonté obscure, la faire entièrement mienne, c'était là ma seule, mon unique mission. » Le sous-titre du roman « Histoire de la jeunesse d'Emile Sinclair » montre que Hesse n'a pas abandonné le dessein autobiographique de* Peter Kamenzind, *mais le nom de « Demian », celui de sa mère « Eve » révèlent l'intention de recourir aux symboles et aux mythes. Demian, ce n'est pas le démon, mais « un Lucifer amical réhabilité en quelque sorte. Eve est la mère*

originelle » dit *Jacques Brenner dans sa préface
à la réédition de* Siddhartha. *Demian enseigne à
Emile Sinclair une autre morale que le piétisme
dont ses parents lui donnent l'exemple. Ce n'est
pas le mal travesti en bien à la manière de Sade
qu'il lui propose, mais une conception dangereuse-
ment élargie du bien. Il s'agit de concilier le divin
et le démoniaque comme le font les initiés
d'Abraxas, cette divinité qui est à la fois Jéhovah
et Satan. Jéhovah ne représente que la moitié du
monde, la moitié permise, lumineuse. Mais l'ombre
aussi est digne de notre vénération. Quand après
un passage à travers le chaos, après une dure
ascèse on y est parvenu, on peut s'unir avec l'univers, cet univers qui préexiste dans notre âme,
vivre dans son propre rêve et ne vouloir que sa
propre destinée.*

*Les romans de Hermann Hesse, sinon ses poè-
mes et ses essais, ont été traduits en français ; ils
ont fait long feu, comme dit Gide. C'est* Peter
Kamenzind *qui fut d'abord révélé au public par
Jules Brocher, chez Fischbacher, en 1910. Surtout*
Siddhartha *en 1925 chez Grasset, puis* Demian *en
1930 dans le « Cabinet Cosmopolite » de Stock.
Enfin* Le Loup des steppes *en 1931 chez un éditeur
aujourd'hui disparu, La Renaissance du Livre. Les
autres romans de Hesse ont paru chez Calmann-
Lévy après que l'écrivain eut reçu la consécration
du prix Nobel.*

*Un autre Nobel et son compatriote, lui aussi
exilé, Thomas Mann, a dit de Hesse : « Son œuvre
à plans multiples, toute chargée des problèmes du
moi et du monde, est sans égale parmi les œuvres
contemporaines ». Ce qui ne l'empêche pas de*

n'avoir exercé quasiment aucune influence en France, alors que plusieurs de nos écrivains reconnaissent leur dette envers un Thomas Mann ou un Ernst Jünger. Peut-être cette influence va-t-elle commencer maintenant.

MARCEL SCHNEIDER.

NOTICE

EN 1919, un jeune auteur à l'identité mystérieuse se voyait attribuer le prix Fontane pour son premier roman : « *Demian. Die Geschichte einer Jugend* [1], von Emil Sinclair [2] », qui stupéfia Thomas Mann, C.G. Jung et connut un succès étonnant auprès de la jeune génération allemande d'après-guerre. En fait, il s'agissait d'un pseudonyme, choisi par son auteur, né en 1877, et jusqu'alors considéré comme un néo-romantique : Hermann Hesse ; aussi, à partir de 1920, l'ouvrage paraît-il sous le véritable nom de l'écrivain et avec le titre définitif, *Demian. Die Geschichte von Emil Sinclairs Jugend* [3].

Pour Hermann Hesse, ce roman marquait une étape nouvelle dans sa vie d'adulte en crise et portait l'empreinte de sa rencontre avec la psychanalyse.

1. *Demian. Histoire d'une Jeunesse*, d'Emile Sinclair.
2. Emil Sinclair : nom de l'ami du poète Hölderlin.
3. *Demian, Histoire de la jeunesse d'Emile Sinclair*.

Si l'on a affirmé que *Demian* était une œuvre magique [4], c'est qu'elle est placée sous le sceau du rêve.

Le nom Demian (proche du grec daïmon : le démon, la voix intérieure), ne fut-il pas donné à Hesse au cours d'un rêve ?

D'ailleurs, l'auteur dit de ce personnage et de sa mère, figures fascinantes du roman, qu'ils étaient des « symboles, (...), des conjurations magiques, c'est-à-dire qu'ils englobaient et signifiaient bien plus que ce qui était accessible au domaine de la raison » [5]. Ne jouent-ils pas le rôle de révélateurs, pour Sinclair enfant, adolescent ?

« La vie de chaque homme est un chemin vers soi-même », lisons-nous dès l'introduction. Cette quête conduit Sinclair à travers les miroirs tour à tour sombres et lumineux que sont les personnages l'entourant.

Dans des ouvrages ultérieurs de Hesse, ce sera le cheminement de Siddhartha, le fils du brahmane, vers la sagesse et l'apaisement final, puis, celui de Narcisse et de Goldmund, dans le monde médiéval — enfin, ce sera l'espoir du rire libéré, sous le signe de Mozart et du joueur de jazz, Pablo, pour l'intellectuel en proie à ses contradictions qu'est ce « loup des steppes » urbaines — et la décision étrange du grand-maître, clôturant l'utopie du « Jeu des perles de verre ». Autant d'illustrations de cette affirmation de l'auteur : « Chacun de mes livres n'est qu'une variation de mon thème [6]. »

4. *Le Livre à venir*, Maurice Blanchot, Gallimard, 1959.
5. Lettre de décembre 1931, H. Hesse, *Briefe*, Surhkamp, 1959, p. 64.
6. Lettre, H. Hesse, *idem*, p. 32.

A chaque lecteur d'accepter l'interprétation donnée, ou d'en choisir une autre !

En France, *Demian* parut pour la première fois en 1930, aux Editions Stock. Malgré l'attribution du prix Nobel de littérature à Hermann Hesse, en 1946, ce livre ne se vendit guère. Mais des lecteurs privilégiés, tels André Gide, plus tard, Maurice Blanchot et, en 1971, l'éditeur P.-J. Oswald, surent le découvrir, en parler, tenter de le mettre à la portée d'un plus grand nombre. En 1974, il reparut aux Editions Stock. A présent, vient le tour du Livre de Poche d'étendre, enfin, le champ de ses lecteurs, dans une traduction revue et complétée, comme le méritait ce « Demian », entre tous attachant, vulnérable, digne d'attention et son auteur, « qui a encore beaucoup à nous apprendre [7]. »

Si, à la mort de H. Hesse, en 1962, une quarantaine de livres avaient paru, en langue allemande, des publications posthumes allaient s'ajouter.

Dix-neuf titres, en majorité des romans et, plus récentes, des nouvelles choisies, figurent au catalogue de l'Edition française (le premier datant de 1910), avec une nette évolution au cours de la dernière décennie. Un recueil de poèmes, seulement : pourtant, Hesse fut souvent salué, à mesure égale, comme romancier et poète — un seul volume * de sa correspondance, alors qu'il écrivit quelque 35 000 réponses à des lettres de lecteurs du monde entier — et pas trace de ses écrits politiques, ou encore, de critique littéraire.

L'un de nos quotidiens reconnaissait en lui « le dernier correspondant à la hauteur de Thomas

7. *Le Figaro littéraire*, 4 juillet 1977.
* 2e volume : *Lettres* (1900-1962) Calmann-Lévy, 1981.

Mann » [8] ; mais l'échange de lettres avec cet écrivain, traduit en japonais en 1968, déjà, en anglais, en 1975, ne l'est point, chez nous et pas davantage la biographie parue en Allemagne [9] d'abord, puis aux Etats-Unis, en 1971.

Peut-être reste-t-il à dépasser certains préjugés, venus d'ici ou d'ailleurs, et nous serons prêts, dès lors, en France aussi, à lire et à apprécier vraiment Hermann Hesse et son œuvre — dans leurs limites et leur profonde originalité.

BERNADETTE BURN.

8. *Le Monde*, 5 avril 1973.
9. Par Bernhardt Zeller, Rowohlt, 1963.

Pour raconter mon histoire, il me faut retourner très loin dans le passé. Il me faudrait, si cela était possible, reculer jusqu'aux toutes premières années de mon enfance, et au-delà encore, jusqu'à mes origines les plus lointaines.

Les écrivains, lorsqu'ils composent des romans, font souvent comme s'ils étaient Dieu et comme s'ils pouvaient embrasser et comprendre dans son ensemble une vie humaine quelconque, et la raconter comme Dieu pourrait se la raconter, sans voile, en accordant à chacun de ses épisodes la même valeur. Cela, je ne le puis, pas plus qu'ils ne le peuvent. Mais mon histoire est pour moi plus importante que pour n'importe quel écrivain la sienne, car elle m'appartient en propre, et elle est l'histoire d'un homme, non pas inventé, idéal, n'existant pas en dehors du livre, mais d'un homme qui, une fois, a vécu réellement. Ce qu'est un homme qui vit réellement, on le sait aujourd'hui moins que jamais, et l'on tue ses semblables — dont chacun est un essai unique et précieux — en masse. Si nous n'étions pas autre chose que des êtres ne vivant qu'une fois, une balle de fusil suffirait en effet à supprimer chacun de nous, et alors raconter des histoires n'aurait plus aucun sens. Mais chaque homme n'est pas lui-même seulement. Il est aussi le point unique, particulier, toujours important, en lequel la vie de l'univers se condense d'une façon spéciale, qui ne se répète jamais. C'est pourquoi l'histoire de tout homme est importante, éternelle, divine. C'est pourquoi chaque homme, par le fait seul qu'il vit et accomplit la volonté de la nature est remarquable et digne d'attention. En chacun de nous, l'esprit est devenu chair ; en chacun de nous souffre la créature ; en chacun de nous un rédempteur est crucifié.

Beaucoup, aujourd'hui, ignorent ce qu'est l'homme, mais beaucoup le pressentent et, par là, il leur est plus facile de mourir, comme il me sera plus facile de mourir quand j'aurai terminé cette histoire.

Je ne puis me nommer « un initié » J'ai été un chercheur, et le suis encore, mais je ne cherche plus dans les astres et dans les livres. Je commence à entendre ce qui bruit dans mon propre sang. Mon histoire n'est pas agréable à lire. Elle n'est pas douce et harmonieuse comme les histoires inventées. Elle a un goût de non-sens, de folie, de confusion et de rêve, comme la vie de tout homme qui ne veut plus se mentir.

La vie de chaque homme est un chemin vers soi-même, l'essai d'un chemin, l'esquisse d'un sentier. Personne n'est jamais parvenu à être entièrement lui-même ; chacun, cependant, tend à le devenir, l'un dans l'obscurité, l'autre dans plus de lumière, chacun comme il le peut. Chacun porte en soi, jusqu'à sa fin, les restes de sa naissance, les dépouilles, les membranes d'un monde primitif. Beaucoup ne deviennent jamais des hommes, mais demeurent grenouilles, lézards ou fourmis. Tel n'est humain que dans sa partie supérieure, et poisson en bas. Mais chacun de nous est un essai de la nature, dont le but est l'homme. A nous tous, les origines, les mères sont communes. Tous, nous sortons du même sein, mais chacun de nous tend à émerger des ténèbres et aspire au but qui lui est propre. Nous pouvons nous comprendre les uns les autres, mais personne n'est expliqué que par soi-même.

DEUX MONDES

Je commence mon histoire par un événement de l'époque où, âgé de dix ans, je fréquentais le gymnase de notre petite ville.

Tout vient à ma rencontre et éveille en moi une douleur sourde et d'agréables frissons : rues sombres et rues claires, maisons et tours, carillons et visages humains, chambres tièdes et confortables, chambres pleines de mystère et de la peur des revenants. Il y a des odeurs de lapins, de servantes, de remèdes de bonne femme, de fruits séchés. Là, deux mondes se croisaient ; de deux pôles venaient le jour et la nuit.

L'un de ces mondes était la maison paternelle, mais il était même encore plus étroit ; à proprement parler, il ne comprenait que mes parents. Ce monde m'était en grande partie bien connu ; il se nommait père et mère ; il s'appelait amour et sévérité, exemple et école. Une lumière plus douce l'éclairait ; la clarté et la propreté le caractérisaient. A la maison, les paroles étaient douces et amicales, les mains bien lavées, les vêtements propres, les manières polies. L'on y chantait le choral du matin et l'on y célébrait la fête de Noël. Dans ce monde-là, il y avait des lignes droites et des chemins qui conduisaient à l'avenir. Il y avait le devoir et la faute, la mauvaise conscience et la confession, le pardon et les bonnes résolutions, l'amour et le respect, la parole sainte et la sagesse. C'est en ce monde-là qu'il fallait demeurer pour que la vie fût claire et nette, belle et bien ordonnée.

L'autre monde, par contre, qui commençait déjà dans notre maison même, était complètement différent. Il avait une autre odeur, un autre langage, d'autres promesses et exigences. Dans ce deuxième monde, il y avait des servantes et des artisans, des histoires de revenants et des bruits scandaleux. Un flot bigarré de choses monstrueuses, attirantes, effrayantes, énigmatiques s'y écoulait. Il y était question d'abattoir et de prison, d'ivrognes et de femmes querelleuses, de vaches qui vêlaient, de chevaux qui s'étaient abattus, de vols, de crimes, de suicides. Toutes ces choses belles et terribles, sauvages et cruelles se passaient tout autour de nous, dans la rue voisine, dans la maison voisine : des agents de police battaient la contrée, des vagabonds erraient dans les environs ; des ivrognes frappaient leurs femmes ; des bandes de jeunes filles s'écoulaient le soir de la fabrique ; de vieilles femmes avaient le pouvoir de jeter le mauvais sort et de rendre malade. Des brigands demeuraient dans la forêt ; des incendiaires étaient faits prisonniers par des gendarmes. Partout, l'on voyait sourdre ce deuxième monde, ce monde violent ; partout il manifestait sa présence et répandait son odeur, partout, sauf dans nos chambres, là où se tenaient mon père et ma mère. Et cela était très bien. Il était merveilleux qu'ici, chez nous, il y eût paix, ordre et tranquillité, devoir et bonne conscience, pardon et amour, mais il était merveilleux aussi que l'autre monde existât, le monde bruyant, aux couleurs crues, le monde sombre et violent, d'où, d'un bond, l'on pouvait s'enfuir et se réfugier auprès de sa mère.

Et, fait étrange, les deux mondes étaient si proches qu'ils se touchaient. Ainsi, par exemple, quand, au culte du soir, notre servante Lina était assise dans le salon, près de la porte, et mêlait sa voix claire au cantique, ses mains lavées reposant sur son tablier bien lissé, elle appartenait alors complètement au premier monde, à celui de mes parents, au monde clair et juste. Mais, lorsque, bientôt après, dans la cuisine ou le bûcher, elle me racontait l'histoire du petit homme sans tête, ou quand, dans la boutique du boucher, elle se disputait avec des voisines, alors elle n'était plus la même, elle appartenait à l'autre monde, elle était entourée de mystère. Et il en était ainsi de tout, surtout de moi-même aussi. Certes, je faisais partie du monde clair et juste, j'étais l'enfant de mes parents, mais partout où je dirigeais mon regard, partout où je tendais l'oreille, l'autre monde manifestait sa présence, et je vivais aussi en lui, bien que parfois il m'apparût étranger et inquiétant, bien que, dans ce monde-là, l'on eût régulièrement peur et mauvaise conscience. Parfois, c'était dans le monde défendu qu'il m'était le plus agréable de vivre et le retour dans le monde permis — bien qu'il fût salutaire et nécessaire — m'apparaissait presque comme le retour dans un monde moins beau, ennuyeux, moins vivant. Par moments, je savais que mon but dans la vie était de devenir semblable à mon père et à ma mère, pur, honnête, supérieur comme eux, menant comme eux une vie bien ordonnée ; mais, jusque-là, le chemin était bien long. Il fallait fréquenter diverses écoles, étudier et passer des examens, et, sans cesse, le chemin côtoyait l'autre monde, le monde sombre ; il le traversait même, et il n'était pas impossible que l'on s'y égarât. Il y avait des histoires de fils perdus à qui c'était arrivé. Je les avais lues avec un intérêt passionné. Le retour à la maison paternelle, le retour au bien y était célébré comme une délivrance solennelle. Je sentais que seul ce retour était juste, bon et désirable et, cependant, la partie de l'histoire qui se passait parmi les méchants et les âmes perdues était de beaucoup la plus séduisante, et — si on avait pu le dire et l'avouer — il était parfois vraiment dommage que le fils perdu fît pénitence et fût retrouvé. Mais, cela, on ne le disait pas et on ne le pensait pas non plus. Il s'agissait d'un sentiment obscur, à peine conscient. Quand je me représentais le diable, je ne pouvais l'imaginer qu'en bas, dans la rue, déguisé ou non, sur le champ de foire ou dans une auberge, mais jamais chez nous.

Mes sœurs appartenaient également au monde lumineux. Par leur nature, elles étaient, me semblait-il, souvent plus près de mes parents que moi. Elles étaient meilleures, plus sages, plus dociles que moi. Certes, elles avaient des défauts, mais à ce qu'il me semblait, cela n'allait pas très profond ; ce n'était pas comme chez moi où le contact avec le mal était souvent pénible et angoissant, et qui étais beaucoup plus près du monde sombre. L'on devait respecter ses sœurs comme ses parents et les traiter avec ménagement et, quand on s'était disputé avec elles, il arrivait toujours que, devant sa propre conscience, l'on dût s'accuser d'avoir été un méchant, un provocateur, celui qui devait demander pardon. Car, en la personne de ses sœurs, on offensait les parents, le bien, ce à quoi l'on devait obéissance. Il y avait des secrets que je pouvais confier plus facilement aux pires voyous qu'à mes sœurs. Les bons jours, quand tout était clair, et ma conscience en paix, il m'était délicieux de jouer avec mes sœurs, d'être gentil et prévenant avec elles, de me sentir un brave petit garçon. C'était là le sentiment que l'on devait éprouver quand on était un ange. Nous n'imaginions rien de plus haut et nous trouvions doux et merveilleux d'être des anges, nimbés de lumière et de parfum, comme Noël et le bonheur. Mais combien ces jours et ces heures étaient rares ! Souvent, en me livrant à des jeux inoffensifs et permis, j'étais possédé d'une passion, d'une violence qui paraissait outrée à mes sœurs et qui aboutissait à des disputes et à des catastrophes, et quand la colère m'envahissait, je devenais terrible et disais et faisais des choses dont, sur le moment même, je sentais profondément toute la perversité. Puis venaient de mauvaises, de sombres heures de remords et d'abattement, puis le douloureux moment où je demandais pardon, et puis de nouveau un rayon de lumière, un bonheur tranquille, reconnaissant, sans discorde, qui durait des heures, ou quelques instants.

Je fréquentais le gymnase avec le fils du bourgmestre et celui du garde général des forêts. Souvent, ils se joignaient à moi. C'étaient des gamins bruyants et indisciplinés ; cependant, ils appartenaient au monde des bons, au monde permis. J'étais en outre en relation avec des voisins, des élèves de l'école populaire, que nous méprisions généralement. C'est avec l'un d'eux, qu'il me faut commencer mon histoire.

Un après-midi de congé — j'avais alors un peu plus de dix ans — je vagabondais avec deux gamins du voisinage. Un gosse plus âgé se joignit à nous. C'était un garçon robuste et brutal, de treize ans à peu près, élève de l'école populaire et fils d'un tailleur. Son père était un ivrogne et la famille tout entière avait mauvaise réputation. Frantz Kromer m'était bien connu, j'avais peur de lui et je ne fus nullement enchanté de sa compagnie. Il avait déjà les manières d'un homme et imitait la démarche et les façons de parler des jeunes ouvriers de la fabrique. Sous sa conduite, nous descendîmes jusque sur la rive près du pont, et nous cachâmes sous la première arche. La rive étroite entre la paroi voûtée du pont et l'eau paresseuse était couverte de débris, de paquets de fil de fer entortillé et rouillé, de détritus de toute sorte. On pouvait y trouver des choses utilisables. Sous la direction de Kromer, nous dûmes fouiller cet étroit espace et lui montrer ce que nous avions découvert. Il l'empochait ou bien le jetait dans l'eau. Il nous enjoignit de recueillir soigneusement les objets de plomb, de laiton et de zinc qu'il fourra tous dans ses poches ainsi qu'un vieux peigne de corne. En sa compagnie, je me sentais péniblement oppressé, non parce que je savais que mon père m'eût interdit tout rapport avec lui, mais j'avais peur de Kromer. J'étais content qu'il acceptât ma présence et qu'il me traitât comme les autres. Il ordonnait et nous obéissions. Il semblait que ce fût là une vieille coutume, bien que je sois avec lui pour la première fois.

Finalement, nous nous assîmes sur le sol. Frantz cracha dans l'eau. Il avait l'air d'un homme. Il lançait des jets de salive et atteignait ce qu'il voulait. La conversation s'engagea et les gamins se mirent à se vanter de toute sorte d'exploits d'écoliers et de mauvais tours. Je me taisais, tout en craignant que mon silence ne frappât les autres et n'attirât sur moi la colère de Kromer. Dès le début, mes deux camarades m'avaient laissé de côté et s'étaient ralliés à lui. J'étais un étranger parmi eux et je sentais que mes vêtements et mes manières étaient une sorte de défi à leur égard. En tant qu'élève du gymnase et fils de bourgeois je ne pouvais être sympathique à Kromer, et les autres, j'en avais le pressentiment, ne manqueraient pas de me renier et de m'abandonner à la première occasion.

Alors, poussé par la frayeur, je commençai à raconter moi aussi. J'inventai une grande histoire de brigands dont je me fis l'un des héros. Dans un jardin, près du moulin, racontai-je, j'avais volé, de nuit, avec un camarade, un plein sac de pommes, non pas des pommes ordinaires, mais des reinettes de la meilleure qualité. Afin d'échapper aux dangers de ma situation, je me réfugiai dans cette histoire et j'y déployai une grande éloquence. Pour ne pas m'arrêter trop brusquement et ne pas être mêlé à pire affaire, peut-être, je fis briller toutes les ressources de mon imagination. L'un de nous, racontai-je, avait dû monter la garde, tandis que l'autre, juché sur l'arbre, faisait tomber les pommes, et le sac était si lourd que nous avions dû le rouvrir et en laisser la moitié ; mais au bout d'une demi-heure, nous étions venus chercher le reste.

Lorsque j'eus terminé, j'attendis les applaudissements. Je m'étais échauffé en racontant mon histoire et j'étais comme enivré de ma faculté d'invention. Les deux plus petits se taisaient et attendaient. Frantz Kromer me coula un regard perçant et me demanda d'une voix menaçante :

« Est-ce bien vrai ?

— Oui, répondis-je.

— Tout à fait vrai ?

— Oui, tout ce qu'il y a de plus vrai, affirmai-je d'un ton de défi, tout en tremblant intérieurement d'angoisse.

— Peux-tu le jurer ? »

Très effrayé, je répondis cependant que je le pouvais.

« Eh bien, dis alors : Par Dieu et mon salut éternel ! »

Je répétai :

« Par Dieu et mon salut éternel !

— Ça va », dit-il en se détournant.

Je pensai que tout était bien ainsi et je fus content lorsque nous nous levâmes et prîmes le chemin du retour. Lorsque nous fûmes sur le pont, je lui dis timidement que maintenant je devais aller à la maison.

« Bah ! cela ne presse pas, dit Frantz en riant. D'ailleurs, nous faisons le même chemin. »

Nonchalamment, il se mit en route et je n'osai m'échapper. Il prit en effet le chemin de notre maison. Lorsque je vis la porte d'entrée avec son gros bouton de laiton, les fenêtres ensoleillées et les rideaux de la chambre de ma mère, je poussai un profond soupir de soulagement. O bienfaisant, ô bienheureux retour au foyer paternel, dans la lumière, dans la paix !

Ayant ouvert rapidement la porte, je me glissai à l'intérieur, prêt à la refermer derrière moi, mais Frantz Kromer, en me poussant, s'introduisait à ma suite dans le vestibule sombre et frais qui ne recevait la lumière que de la cour. Là, il me retint par le bras en me disant à voix basse : « Hé ! pas si vite, toi ! »

Effrayé, je le regardai. Sa main était de fer. Je me demandai ce qu'il pouvait bien avoir dans l'esprit et si, par hasard, il avait l'intention de me maltraiter. Si je me mettais à crier, pensai-je, à crier très fort, quelqu'un descendrait-il assez rapidement pour venir à mon secours ? Mais j'y renonçai.

« Qu'y a-t-il ? demandai-je. Que veux-tu donc ?

— Peu de chose. Je veux seulement te dire encore un mot. Les autres n'ont pas besoin de le savoir.

— Vraiment ? Quoi donc ? Il faut que je monte maintenant, tu sais.

— Tu sais bien, dit Frantz à voix basse, à qui appartient le verger du moulin ?

— Non, je ne sais pas. Au meunier, je crois. »

Frantz m'avait entouré de son bras et m'attirait étroitement à lui, si bien que je dus regarder son visage de tout près. Ses yeux étaient méchants. Il avait un mauvais sourire et ses traits exprimaient la cruauté et la force .

« Oui, mon garçon, je peux te dire à qui appartient le verger. Je sais depuis longtemps que les pommes ont été volées et je sais que l'homme a dit qu'il donnerait deux marks à qui pourrait lui dire qui a volé les fruits.

— Grand Dieu ! m'écriai-je. Mais tu ne lui diras rien, n'est-ce pas ? »

Je sentais qu'il serait inutile de faire appel à son honneur. Il était de l' « autre monde ». Pour lui, la trahison ne constituait pas un délit. J'avais l'impression très nette que les gens de l' « autre monde » ne considéraient pas ces choses-là comme nous.

« Ne rien dire ? ricana Kromer. Crois-tu donc, cher ami, que je suis un faux-monnayeur et que je peux me fabriquer des pièces de deux marks ? Je suis un pauvre diable. Je n'ai pas un père riche comme toi, et quand j'ai l'occasion de gagner deux marks, il faut que je les gagne. Peut-être même le meunier donnera-t-il davantage. »

Il me lâcha brusquement. Notre vestibule ne respirait plus la paix et la sérénité. Autour de moi, le monde s'écroulait. Il me dénoncerait. J'étais un criminel. On le dirait à mon père. Peut-être la police viendrait-elle ? Un sort effrayant m'attendait. De toute part, les dangers me guettaient. Le fait que je n'avais pas volé n'entrait pas en ligne de compte : n'avais-je pas juré ? Mon Dieu, mon Dieu !

Des larmes montèrent à mes yeux. Je sentis que je devais me racheter à tout prix et, désespéré, je fouillai dans mes poches. Pas de pomme ! pas de couteau ! rien du tout ! Alors, je pensai à ma montre. C'était une vieille montre en argent qui ne marchait pas ; je la portais seulement « comme ça ». Elle venait de notre grand-mère. Rapidement, je la tirai de ma poche.

« Kromer, dis-je, il ne faut pas que tu me dénonces. Cela ne serait pas bien de ta part. Je vais te donner ma montre, regarde. Je n'ai malheureusement rien d'autre. Les rouages sont bons ; elle n'a qu'un petit défaut ; il faut la faire réparer. »

Il sourit et prit la montre dans sa grosse main. Je regardai cette main et je sentis combien elle m'était profondément ennemie, prête à détruire ma vie et ma paix.

« Elle est en argent, dis-je timidement.

— Je me fiche de ton argent et de ta vieille montre ! dit-il avec un profond mépris. Fais-la réparer toi-même.

— Mais, Frantz, criai-je, en tremblant, de peur qu'il ne s'échappât, attends donc un moment. Prends la montre ! Elle est en argent, en argent véritable. Et je n'ai rien d'autre. »

Il me toisa d'un air froid et méprisant.

« Alors, tu sais où je vais. A moins que je le dise à la police... Je connais bien le brigadier. »

Il se prépara à sortir. Je le retins par sa manche. Non, cela ne devait pas être ! Je serais mort plutôt que de supporter ce qui arriverait s'il s'en allait ainsi.

« Frantz, le suppliai-je, d'une voix rauque d'émotion, ne dis donc pas de bêtises. Ce n'est qu'une plaisanterie, n'est-ce pas ?

— Oui, une plaisanterie, mais qui peut te coûter cher.

— Dis-moi donc ce que je dois faire. Je ferai tout. »

Il m'examina de ses yeux à demi fermés et se mit à rire de nouveau.

« Ne fais donc pas le nigaud, dit-il avec une feinte bonhomie. Tu le sais aussi bien que moi. Je puis gagner deux marks et je ne suis pas assez riche pour rejeter cette occasion, tu le sais bien. Mais, toi, tu es riche. Tu as même une montre. Tu n'as qu'à me donner deux marks et tout sera réglé. »

Je saisis très bien cette logique. Mais deux marks ! Pour moi c'était autant, c'était aussi inaccessible que dix, que cent, que mille marks. Je n'avais pas d'argent. Chez ma mère, il y avait une tirelire qui pouvait contenir quelques pièces de dix et de cinq pfennigs, données par des oncles, à différentes occasions. Je ne possédais rien d'autre. A cet âge-là, je ne recevais pas encore d'argent de poche.

« Je n'ai rien, dis-je tristement. Je n'ai pas du tout d'argent. Mais je te donnerai tout ce que j'ai. J'ai un livre sur les Indiens, des soldats et un compas. Je vais aller te les chercher. »

Sa bouche insolente et méchante se contracta légèrement et il cracha sur le sol.

« Assez bavardé ! ordonna-t-il. Je n'ai pas besoin de ton bric-à-brac. Un compas ! Tâche de ne pas me mettre en colère, entends-tu, et donne l'argent.

— Mais je n'en ai pas. Jamais je ne reçois d'argent. Je n'y peux rien !

— Ainsi demain tu m'apportes les deux marks. C'est entendu. Je t'attendrai après l'école sur la place du marché. Si tu n'apportes pas d'argent, gare à toi !

— Oui, mais où donc dois-je le prendre, si je n'en ai pas, Seigneur Dieu ?

— Il y a assez d'argent chez vous à la maison. C'est là ton affaire. Ainsi à demain après l'école. Et si tu ne l'apportes pas... » Il me fixa dans les yeux avec une expression terrible, cracha de nouveau et disparut comme une ombre.

Je ne pouvais monter. Ma vie était brisée. Je pensai un instant à m'enfuir et à ne plus revenir ou à me noyer. Mais c'étaient là des images indistinctes. Je m'assis dans l'obscurité, sur la dernière marche de l'escalier, me recroquevillai sur moi-même et m'abandonnai à mon désespoir. C'est là que Lina qui descendait avec un panier chercher du bois, me trouva en pleurs.

Je la priai de ne rien dire en haut et montai. A la patère, à côté de la porte vitrée, étaient suspendus le chapeau de mon père et l'ombrelle de ma mère. Ces objets respiraient la douceur du foyer, la tendresse. Mon cœur les salua avec ferveur et reconnaissance, comme le fils perdu, la vue et l'odeur de la maison paternelle. Mais cela ne m'appartenait déjà plus. Cela faisait partie du monde lumineux, du monde de mes parents. Moi, je m'étais fourvoyé dans le monde étranger, entraîné par le goût de l'aventure ; je m'étais enfoncé profondément dans le péché. J'étais menacé par mon ennemi. Les dangers, l'angoisse et la honte me guettaient. Le chapeau et l'ombrelle, le bon vieux sol en grès, le grand tableau au-dessus de l'armoire du corridor et la voix de ma sœur aînée qui me parvenait du salon, tout cela était plus doux, plus précieux que jamais, cependant ce n'était plus consolation et bien assuré, mais reproche accablant. Désormais, j'étais exclu de cette sérénité, de cette paix. A mes pieds collait une boue que je ne pouvais faire disparaître en les essuyant au paillasson. J'apportais des ombres inconnues au foyer paternel. Combien de secrets n'avais-je pas eus déjà, et combien d'angoisses ; mais tout cela n'était que jeu et plaisanterie, comparé à ce que j'apportais aujourd'hui à la maison. Un sort ennemi me poursuivait ; contre moi se tendaient des mains dont ma mère elle-même ne pourrait me protéger, dont elle ne devait rien savoir. Que mon crime fût le vol ou le mensonge (n'avais-je pas prêté un faux serment par Dieu et par mon salut éternel ?) cela était indifférent en soi. Mon péché n'était pas l'un ou l'autre, il consistait dans le fait d'avoir tendu la main au Diable. Pourquoi avais-je suivi les autres ? Pourquoi avais-je obéi à Kromer plus facilement qu'à mon père ? Pourquoi avais-je inventé l'histoire de ce vol ? Pourquoi m'étais-je vanté d'un délit comme si c'eût été une action héroïque ? Maintenant, le Diable me tenait par la main ; maintenant, mon ennemi était à mes trousses.

Pendant quelques instants, j'oubliai la crainte du lendemain ; je n'éprouvai plus que la certitude effrayante qu'à partir de ce moment mon chemin descendrait toujours et aboutirait aux ténèbres. Je sentais très nettement que d'autres fautes suivraient ma faute, que mon apparition dans le cercle familial, le salut que j'adresserais à mes sœurs, le baiser que je donnerais à mes parents, ne seraient que mensonge et que je portais, cachés en moi, une destinée et un secret.

En considérant le chapeau de mon père, je fus pris d'un sentiment fugitif de confiance et d'espoir. Je lui dirais tout, j'accepterais son jugement et sa punition, j'en ferais mon confident et mon sauveur. Ce ne serait là qu'une pénitence comme j'en avais maintes fois subi, une heure amère à supporter ; plein de repentir, je le supplierais de m'accorder son pardon.

Cette pensée était douce et pleine d'attrait. Mais il n'en serait rien. Je savais que je ne le ferais pas. Je savais que maintenant j'avais un secret, que j'avais chargé ma conscience d'une faute dont je devais supporter les conséquences. Peut-être étais-je justement à un tournant. Peut-être qu'à partir de maintenant, j'appartenais à jamais au Malin ; peut-être étais-je condamné à partager des secrets avec des méchants, à dépendre d'eux, à devenir semblable à eux. J'avais joué à l'homme fait et au héros ; maintenant, je devais en supporter les conséquences.

Heureusement, à mon entrée, l'attention de mon père fut attirée par mes souliers mouillés. Cela fit diversion. Ce qui était pire échappa à sa pénétration, et je dus subir une réprimande qu'en secret je rapportai à l'autre faute. C'est alors qu'un sentiment nouveau se fit jour en moi, un sentiment mauvais, un sentiment aigu : je me sentis supérieur à mon père. Pendant l'espace d'un instant, j'éprouvai une sorte de mépris à l'égard de son ignorance ; sa réprimande à propos des souliers mouillés me parut mesquine. « Si tu savais... » pensai-je. Je me faisais l'effet d'un criminel que l'on a condamné pour avoir volé un petit pain alors qu'il aurait des crimes à confesser. C'était là un sentiment vilain et bas, mais puissant et plein d'attrait et, plus que toute autre pensée, il me riva à ma faute et à mon secret. Peut-être, pensai-je, Kromer est-il déjà allé à la police et m'a-t-il déjà dénoncé ? Une tempête effroyable couvait, prête à m'anéantir et, ici, l'on me considérait comme un petit enfant !

De toute l'aventure racontée jusqu'à présent, cette impression fut la plus forte. C'était là une première atteinte à la sainteté du père, un premier coup porté au pilier auquel mon enfance s'était appuyée, pilier que tout homme doit détruire, s'il veut devenir lui-même. C'est d'événements semblables, d'événements invisibles qu'est faite la ligne intérieure, la ligne véritable de notre destinée. On se remet d'un tel déchirement ; on l'oublie, mais, au plus secret de nous-mêmes, la blessure continue à vivre et à saigner.

Ce sentiment nouveau m'épouvanta. J'aurais voulu aussitôt après embrasser les pieds de mon père et lui demander pardon. Mais, au fond, il n'est rien de réel qui puisse s'expier et cela, un enfant le sent aussi profondément, aussi vivement que n'importe quel sage.

La nécessité de réfléchir à mon malheur, de trouver des expédients pour le lendemain, s'imposa à moi, mais cela me fut impossible. Pendant la soirée entière, il me fallut m'habituer à l'air nouveau qu'on respirait dans le salon. La pendule et la table, la Bible et le miroir, la jardinière et les tableaux prenaient congé de moi. Le cœur glacé, je dus voir se détacher de moi, et devenir passé, ma vie innocente et heureuse, et sentir l'autre vie pousser en moi des racines nouvelles, avides, qui m'attachaient au monde des ténèbres. Pour la première fois, je goûtai la mort, et la mort est amère, car elle est naissance, angoisse, effroi d'un renouvellement terrible.

Je fus heureux d'aller enfin au lit. Il m'avait fallu d'abord supporter le culte du soir où l'on chanta un de mes cantiques favoris. Mais je ne chantai pas ; chaque note était une torture pour moi. Je ne priai pas non plus avec les autres, et lorsque mon père prononça la bénédiction finale : « Sois avec nous tous ! » Je me sentis exclu de ce cercle pieux. La grâce de Dieu était sur eux, mais non sur moi. Grelottant et affreusement fatigué, je me retirai.

Lorsque je fus pelotonné dans mon lit, bien au chaud et bien en sécurité, mon âme angoissée se mit à errer dans le passé et tristement chercha à s'y raccrocher. Ma mère m'avait — comme tous les soirs — souhaité bonne nuit. Son pas résonnait encore dans la chambre, la lueur de sa bougie brillait encore à travers la fente de la porte. Maintenant, pensai-je, maintenant elle va revenir ; elle a deviné quelque chose, elle me donne un baiser et m'interroge avec bonté, et alors, je puis pleurer, alors le nœud dans ma gorge se desserre, alors je l'entoure de mes bras et je lui avoue tout et tout est bien, je suis délivré. Et lorsque la fente de la porte fut devenue obscure, j'écoutai encore en me disant qu'il fallait, qu'il fallait absolument qu'elle revînt.

Puis je retournai aux faits de la journée et vis mon ennemi. Je le vis distinctement. Il avait fermé un de ses yeux, sa bouche riait grossièrement. Et, tandis que je le regardais, rongé par le sentiment de l'irréparable, il devenait toujours plus grand et plus laid, et son œil méchant brillait d'une joie diabolique. Il était tout près de moi lorsque je m'endormis ; cependant, je ne rêvai ni de lui ni des événements de la journée. Je rêvai que mes parents, mes sœurs et moi glissions dans une barque sur la rivière, dans la paix et l'éclat d'un jour de fête. Au milieu de la nuit, je me réveillai avec un arrière-goût de la béatitude éprouvée ; je voyais encore briller au soleil les vêtements blancs de mes sœurs. Et, brusquement, je tombai de mon paradis et me retrouvai face à face avec mon ennemi à l'œil méchant.

Le lendemain matin, lorsque ma mère arriva en toute hâte en disant qu'il était tard et en me demandant pourquoi j'étais encore au lit, j'avais fort mauvaise mine, et comme elle m'interrogeait, je me mis à vomir.

Un point me sembla gagné ainsi. J'aimais beaucoup à être un peu malade et devoir rester couché toute une matinée, à boire de la camomille, me plaisant à écouter ma mère mettre de l'ordre dans la chambre à côté et, en bas, Lina recevoir le boucher. Toute une matinée sans école, c'était là un événement merveilleux, magique ! Le soleil qui brillait dans la chambre n'était pas comme celui de l'école dont on se protégeait en baissant les rideaux verts. Mais aujourd'hui, même ceci n'avait pas la saveur ordinaire.

Ah ! Si j'avais pu être mort ! Mais j'étais seulement un peu indisposé, comme cela m'arrivait souvent et par là, rien n'était arrangé. J'étais délivré de l'école, mais non pas de Kromer qui, à onze heures, m'attendrait sur la place du marché. Et la bonté de ma mère ne m'était d'aucun réconfort ; elle m'importunait et me faisait mal. Je fis semblant de dormir et me mis à réfléchir. Rien à faire ! Il fallait que, à onze heures, je sois sur la place du marché. Alors, à dix heures, je me levai doucement en disant que j'allais mieux. En pareil cas, il me fallait ou retourner au lit, ou bien me rendre à l'école l'après-midi. Je déclarai que j'irais volontiers à l'école. J'avais établi un plan.

Sans argent, je ne pouvais me présenter devant Kromer. Il fallait que je m'empare de la tirelire qui m'appartenait. L'argent qu'elle contenait était loin d'être suffisant, je le savais. C'était quelque chose, cependant. Je pressentais que ce serait là mieux que rien et amadouerait du moins Kromer.

C'est avec un sentiment de profond malaise que, en pantoufles, je me dirigeai vers la chambre de ma mère pour y prendre la tirelire dans son secrétaire. C'était pourtant loin d'être aussi pénible que les sensations de la veille. Mon cœur battait à se rompre, et lorsque je fus arrivé au bas de l'escalier, je ne fus pas peu désappointé en constatant qu'elle était fermée à clef. Il était facile de l'ouvrir ; il suffisait d'arracher un mince grillage de laiton, mais je ressentis la déchirure qui résultait de ce vol, le premier. Car, jusqu'à ce jour, je n'avais dérobé que des sucreries et des fruits. Bien qu'il s'agît de mon propre argent, ce fait constituait un vol. Ce pas me rapprochait encore de Kromer et de son monde ; petit à petit, je m'y enlisais. Cette pensée me communiqua un sentiment de défi. Eh bien, que le Diable vienne me chercher ! Maintenant, je ne pouvais plus revenir en arrière. Avec angoisse, je comptai l'argent qui, lorsqu'il sonnait dans la boîte, m'avait semblé être une somme considérable et qui, maintenant, dans ma main, s'avérait bien misérable : soixante-cinq pfennigs ! Je cachai la tirelire dans un coin du vestibule et, en serrant l'argent dans le creux de la main, je sortis de la maison à la dérobée. Il me sembla que, en haut, quelqu'un m'appelait. Je m'enfuis.

J'avais du temps devant moi, aussi, m'engageai-je dans des rues détournées. Je cheminais à travers une ville transformée, sous des nuages jamais vus, le long de maisons qui me regardaient, à côté de gens qui me soupçonnaient. En route, je me rappelai qu'un camarade d'école avait trouvé une fois un thaler sur le marché à bestiaux. J'aurais volontiers prié Dieu qu'il opérât un miracle en ma faveur en me laissant faire pareille trouvaille. Mais je n'avais plus le droit de prier. Et cela n'aurait pas raccommodé ma tirelire.

De loin, Frantz Kromer me regardait venir. Il s'approcha lentement en feignant de ne pas faire attention à moi. Lorsqu'il fut près de moi, il me fit signe de le suivre et, tranquillement, sans se retourner une seule fois, il se mit à descendre la rue de la Paille. Alors, près des dernières maisons, il s'arrêta à côté d'un édifice en construction. Personne n'y travaillait. Les murs se dressaient, nus, sans portes et sans fenêtres. Kromer jeta un regard autour de lui et disparut derrière le mur. Je le suivis. Alors il me fit signe de venir à lui et tendit la main.

«L'as-tu ? » demanda-t-il froidement.

Je sortis mon poing fermé de ma poche et versai l'argent dans sa main. Il l'avait compté avant même que la dernière piécette y eût roulé.

« Cela fait soixante-cinq pfennigs, dit-il, et il me regarda.

— Oui, dis-je timidement. C'est tout ce que j'ai. C'est peu, je le sais bien. Mais c'est tout. Je n'ai rien de plus.

— Je t'avais cru plus intelligent, reprocha-t-il d'une voix presque douce. Entre hommes d'honneur, les affaires doivent être en règle. Je ne veux pas te prendre ce qui ne m'est pas dû, tu le sais bien. Reprends ta monnaie. L'autre, tu sais qui, ne cherche pas à marchander. Il paie.

— Mais je n'ai rien d'autre. C'était ma tirelire !

— C'est ton affaire. Mais je ne veux pas te faire de la peine. Tu me dois encore un mark et trente-cinq pfennigs. Quand les aurai-je ?

— Oh ! tu les auras sûrement, Kromer ! Je ne sais pas, maintenant... Peut-être demain aurai-je davantage, demain ou après-demain. Tu comprends pourtant que je ne peux pas en parler à mon père.

— Cela ne me regarde pas. Je ne veux pas te nuire. Je pourrais bien avoir mon argent avant midi. Vois-tu, je suis pauvre. Toi, tu as de beaux habits et, au repas, tu manges mieux que moi. Mais je ne dirai rien. Je veux bien attendre un peu. Après-demain, je te sifflerai, dans l'après-midi, et tu régleras l'affaire. Tu connais mon coup de sifflet ? »

Il poussa un sifflement. Je l'avais souvent entendu déjà.

« Oui, dis-je, je sais. »

Il partit, comme si je ne le concernais en rien. Une affaire venait d'être conclue, rien de plus.

Aujourd'hui encore, je crois, le coup de sifflet de Kromer serait capable de m'effrayer si je l'entendais tout à coup. A partir de ce moment, je l'entendis souvent ; je croyais l'entendre constamment. Il pénétrait partout. Il n'était ni jeu, ni travail, ni pensée que ne troublât ce coup de sifflet qui me rendait dépendant, était mon destin. Souvent, pendant les doux et lumineux après-midi d'automne, dans notre petit jardin fleuri que j'aimais beaucoup, un instinct bizarre me poussait à reprendre les jeux d'autrefois. Je m'imaginais alors être un enfant plus jeune, bon et libre, innocent et à l'abri des méchants. Mais, tout à coup, au milieu de ces jeux, toujours attendu et cependant chaque fois horriblement troublant, résonnait d'un endroit quelconque le coup de sifflet de Kromer, qui me faisait tressauter et, brutalement, coupait court à ces fantaisies. Alors, il me fallait aller le retrouver dans des endroits laids et mal famés, pour lui rendre mes comptes et entendre ses nouvelles exigences. Cette situation a peut-être duré quelques semaines, mais j'avais l'impression qu'il s'agissait d'années, d'une éternité. Rarement, j'avais de l'argent, parfois une pièce de cinq ou dix pfennigs que j'avais volée sur la table de la cuisine quand Lina y laissait le panier du marché. Chaque fois, il me fallait endurer les reproches et le mépris de Kromer. A lui était le bon droit. C'était moi qui le trompais, moi qui le volais, moi qui le rendais malheureux. Dans ma vie, presque jamais je n'ai éprouvé pareille misère, jamais plus grand désespoir, jamais pareil sentiment de dépendance !

J'avais rempli la tirelire de jetons et je l'avais remise à sa place. Personne ne me demanda jamais rien à ce sujet. Mais cela pouvait arriver d'un jour à l'autre. Plus encore que le coup de sifflet brutal de Kromer, je craignais ma mère lorsqu'elle s'approchait doucement de moi. N'allait-elle pas me questionner à propos de la tirelire ?

Comme j'étais souvent arrivé sans argent devant mon bourreau, il se mit à me tourmenter et à m'utiliser d'autre manière. Il me fallut travailler pour lui. Il devait faire des courses pour son père : je dus les faire à sa place. Ou bien, il me contraignait d'accomplir quelque chose de difficile, par exemple de sauter pendant dix minutes sur une jambe, ou bien d'attacher un chiffon de papier à l'habit d'un passant. La nuit, en rêve, ces tourments se reproduisaient. Je me réveillais, trempé de sueur.

Pendant quelque temps, je fus malade. Je vomissais souvent et j'avais facilement froid, mais, la nuit, j'étouffais et transpirais. Ma mère sentait que quelque chose n'allait pas et me comblait de soins qui m'importunaient, incapable que j'étais d'y répondre par la confiance.

Un soir, lorsque j'étais déjà couché, elle m'apporta un petit morceau de chocolat. C'était là un rappel des années antérieures où, quand j'avais été bien sage pendant la journée, je recevais une friandise. Elle se tenait donc là et me tendait le morceau de chocolat. J'étais si peiné que je ne pouvais pas secouer la tête. Elle me demanda ce que j'avais, me caressa les cheveux. Je ne pouvais qu'articuler : « Rien, je ne veux rien ! » Alors, elle posa le chocolat sur la table de nuit et sortit. Lorsqu'elle voulut, le lendemain, m'interroger là-dessus, je fis semblant de ne rien savoir. Un jour, elle m'amena chez le docteur qui m'examina et prescrivit des lavages froids le matin.

J'avais alors atteint un état qui frisait la folie. Au sein de notre existence paisible et bien ordonnée, je vivais comme un fantôme, farouche et tourmenté, sans prendre part à la vie des autres, oubliant rarement mon tourment, fût-ce pour une heure. A l'égard de mon père qui, irrité, m'enjoignit maintes fois de parler, je me montrais froid et renfermé.

CAÏN

La délivrance de mes tourments vint d'une façon tout à fait inattendue, et, avec elle, un fait nouveau dans mon existence qui agit sur moi aujourd'hui encore.

Dans notre gymnase, un nouvel élève venait d'arriver. C'était le fils d'une veuve aisée qui s'était établie dans notre ville. A son bras, il portait un crêpe. Il suivait une classe supérieure et avait quelques années de plus que moi, mais, bientôt, il attira mon attention comme celle de tous les autres. Cet élève singulier paraissait beaucoup plus âgé qu'il ne l'était. A personne il ne faisait l'impression d'être un jeune garçon. Au milieu de nous autres gamins, il avait l'air d'un étranger, d'un homme, ou plutôt d'un monsieur. Il n'était pas aimé ; il ne prenait pas part aux jeux, encore moins aux rixes ; seul son ton ferme et plein d'assurance à l'égard des maîtres plaisait aux autres. Son nom était Max Demian.

Un jour, il arriva, comme cela se passait parfois dans notre école, qu'une deuxième classe fût installée dans notre grande salle. C'était la classe de Demian. Nous, les petits, devions apprendre une histoire de la Bible ; les grands avaient un thème. Tandis qu'on s'efforçait de nous faire entrer dans la tête l'histoire de Caïn et d'Abel, je jetai, à maintes reprises, des coups d'œil sur Demian, dont le visage me fascinait singulièrement. Je regardais ce visage intelligent, remarquable de clarté et de fermeté, penché sur son travail avec une expression attentive et spirituelle. Il ne ressemblait pas à un élève qui fait un devoir, mais à un chercheur qui poursuit un problème personnel. A franchement parler, il ne me plaisait pas, au contraire. J'éprouvais même à son égard une sorte d'antipathie. Il était trop supérieur à moi, trop froid, trop sûr de lui-même, et ses yeux avaient l'expression de ceux d'un adulte, cette expression que les enfants n'aiment pas : un peu triste avec des éclairs de raillerie. Cependant, qu'il me plût ou non, je ne pouvais m'empêcher de le considérer sans cesse. Mais, à un certain moment, son regard s'étant posé sur moi, je détournai les yeux, effrayé. Quand, aujourd'hui, je tâche de l'évoquer écolier, je puis dire ceci : qu'à tous points de vue, il était différent de nous, que tout en lui manifestait une personnalité par laquelle il s'imposait à notre attention. Cependant, il ne faisait rien pour être remarqué et se comportait comme un prince déguisé, qui vit au milieu d'enfants de paysans et s'efforce de paraître leur semblable.

Au sortir de l'école, il me suivit. Lorsque les autres se furent dispersés, il me rejoignit et me salua. Ce salut, bien qu'il imitât notre ton d'écoliers, frappait par sa politesse et rappelait celui d'une grande personne.

« Veux-tu que nous fassions un bout de chemin ensemble ? » me demanda-t-il amicalement. Flatté, je fis signe que oui. Puis je lui décrivis la maison où nous habitions.

« Ah ! là-bas ? fit-il en souriant. Je la connais déjà. Au-dessus de votre porte, il y a quelque chose de bien remarquable et qui m'a aussitôt intéressé. »

Je ne vis pas tout de suite de quoi il voulait parler. J'étais surpris qu'il semblât connaître notre maison mieux que moi.

Au-dessus de notre porte d'entrée, il y avait en effet, comme clef de voûte, une sorte de blason, mais, au cours des années, il s'était usé et avait été plusieurs fois repeint. A ma connaissance, il n'avait aucun rapport avec nous et notre famille.

« Je ne sais rien là-dessus, dis-je timidement. C'est un oiseau, peut-être. Ça doit être très vieux. Il paraît qu'autrefois la maison appartenait au couvent.

— C'est possible, dit-il. Regarde-le bien. Ces vestiges sont souvent très intéressants. Je crois que c'est un épervier. »

Nous continuâmes notre chemin. J'étais très embarrassé. Tout à coup, Demian se mit à rire, comme si quelque chose de drôle lui fût venu à l'esprit.

« Oui, j'ai assisté à votre leçon, dit-il, très animé. L'histoire de Caïn qui portait un signe sur le front, n'est-ce pas ? Te plaît-elle ? »

Non, rien de ce que nous devions étudier ne me

plaisait particulièrement. Mais je n'osai pas le dire. J'avais l'impression de parler avec une grande personne. Je répondis donc que l'histoire me plaisait beaucoup. Demian me frappa sur l'épaule.

« Mon cher, tu n'as pas besoin de te gêner avec moi. Mais l'histoire est vraiment remarquable, plus remarquable, je crois, que toutes celles qu'on nous apprend. Le maître n'a pas dit grand-chose là-dessus, seulement les phrases habituelles sur Dieu, le péché, etc. Mais, je crois... — ici, il s'interrompit, sourit et demanda : — Mais cela t'intéresse-t-il ?

« Oui, je crois, continua-t-il, que l'on peut donner à cette histoire de Caïn un tout autre sens. Ce qu'on nous enseigne est, dans l'ensemble, tout à fait vrai et exact, mais on peut l'interpréter d'une autre façon que les maîtres, et le plus souvent, un sens bien supérieur apparaît. En ce qui concerne Caïn, par exemple, et le signe sur son front, l'on ne peut guère se contenter de l'explication qui nous en est donnée. Ne trouves-tu pas ? Il se peut fort bien qu'il ait tué son frère ; il est également possible qu'après le meurtre, il ait eu peur et qu'il ait filé doux, mais que, pour sa lâcheté, il ait été marqué d'un signe spécial qui le protégeât et inspirât la crainte à tous les hommes, est vraiment bizarre.

— C'est vrai, — répondis-je, intéressé. Cela commençait à me fasciner. — Mais comment peut-on expliquer l'histoire autrement ? »

Il me frappa sur l'épaule.

« Rien de plus simple. Ce qui est à l'origine de l'histoire, c'est le signe. Il était un homme dont le visage reflétait quelque chose qui inspirait la terreur aux autres. Ils n'osaient le toucher. Lui et ses enfants leur en imposaient. Sans doute, ou plutôt sûrement, ce n'était pas un signe réel sur le front, comme un sceau, par exemple. Dans la vie, les choses se présentent rarement de façon aussi grossière. C'était un je ne sais quoi d'inquiétant, une nuance en plus d'intelligence et de hardiesse dans le regard, à laquelle les autres hommes n'étaient pas habitués. Cet homme possédait la puissance. Devant lui, l'on tremblait. Il avait un « signe ». On pouvait l'expliquer comme on voulait, et l'on veut toujours ce qui tranquillise et ce qui vous convient. On avait peur des enfants de Caïn ; ils avaient un « signe ». Aussi, l'on interpréta ce signe, non pour ce qu'il était en réalité, c'est-à-dire une distinction, mais pour le contraire. On déclara que les individus qui possédaient ce signe étaient inquiétants, et ils l'étaient, en vérité ! Les gens courageux, les gens qui ont une forte personnalité, sont toujours peu rassurants. Qu'il existât une race d'hommes hardis, à la mine inquiétante, était fort gênant. Aussi, leur donna-t-on un surnom et l'on inventa ce mythe pour se venger d'eux et pour se garantir de la frayeur qu'ils inspiraient. Comprends-tu ?

— Oui... c'est-à-dire... Alors Caïn n'aurait pas été un méchant et l'histoire de la Bible serait fausse ?

— Oui et non... De si vieilles histoires sont toujours vraies, mais elles ne sont pas toujours aussi frappantes et ne sont pas toujours expliquées dans leur véritable sens. Bref, je considère Caïn comme un fameux type, et j'estime que c'est uniquement à cause de la crainte qu'il inspirait qu'on a inventé toute cette histoire. A l'origine, l'histoire n'était qu'un bruit qui courait parmi les gens, mais il est certain que Caïn et ses enfants portaient une sorte de « signe » et qu'ils étaient autres que la plupart des hommes. »

J'étais très étonné.

« Et son meurtre, crois-tu aussi qu'il ne soit pas vrai ?

— Oh ! que si ! Bien sûr, c'est vrai ! Le fort avait tué un faible. Que ce fût vraiment son frère, on peut en douter ; en somme, cela n'a aucune importance : tous les hommes sont frères. Donc un fort avait tué un faible. Peut-être était-ce un acte héroïque, peut-être non. Mais les autres, les faibles, étaient à présent pleins de frayeur. Ils se plaignirent, et, quand on leur demandait : « Pourquoi ne le tuez-vous pas ? » ils ne répondaient pas : « Parce que nous sommes des lâches », mais : « On ne peut pas. Il a un « signe ». Dieu l'a marqué. » C'est ainsi qu'est née la légende. Mais je te retiens. Adieu donc ! »

Il s'engagea dans la rue Neuve et me laissa seul, plus étonné que je ne l'avais jamais été. A peine eut-il disparu que ce qu'il venait de me raconter là me parut tout à fait incroyable. Caïn, un être noble, Abel un lâche ! Le signe de Caïn, une distinction ! C'était absurde, c'était blasphématoire et impie ! Et le Bon Dieu alors ? N'avait-il pas agréé le sacrifice d'Abel ? N'aimait-il pas Abel ? Non, c'étaient là des bêtises ! Et je supposai que Demian avait voulu se moquer de moi et m'entraîner sur une pente glissante. C'était un garçon diablement intelligent, oui, et qui savait parler, mais cela... non !

Jamais une histoire, biblique ou autre, ne m'avait

fait réfléchir à ce point. Pendant des heures, pendant toute une soirée, j'en oubliai complètement Frantz Kromer. A la maison, je relus encore une fois l'histoire, d'un bout à l'autre, telle qu'elle est racontée dans la Bible, et il me sembla absurde de lui chercher une signification particulière, secrète. Tout assassin aurait pu alors se faire passer pour le favori de Dieu. Non, c'était absurde ! Seuls le charme et la facilité avec lesquels Demian pouvait faire de telles affirmations, comme s'il s'agissait d'évidences, séduisaient. Et avec ces yeux, surtout !

Sans doute, en mon propre moi, s'était produit un bouleversement profond. J'avais vécu dans un monde lumineux et pur, j'avais moi-même été une sorte d'Abel et, maintenant, je plongeais dans l'« autre monde ». J'étais tombé bien bas ; j'étais complètement déchu ; cependant, au fond, qu'y pouvais-je ? Et, foudroyant, un souvenir surgit en moi, qui m'ôta presque la respiration. En ce triste soir, où avait commencé ma misère actuelle, où s'était passé cet incident avec mon père, ne l'avais-je pas pénétré et méprisé, un instant, lui, et son monde lumineux et sa sagesse ? Oui, moi qui étais Caïn et qui portais le signe sur mon front, ne m'étais-je pas imaginé que ce signe était, non une marque infamante, mais une distinction, et que ma perversité et ma misère m'élevaient bien au-dessus de mon père, bien au-dessus des bons et des justes ?

Certes, en ce moment-là, je ne réalisais pas vraiment ce qui m'arrivait ; mais cette irruption, ce flot de sentiments et d'impulsions étranges étaient en moi, me faisaient mal, mais me remplissaient de fierté, aussi.

Et je pensai de nouveau à la façon dont Demian avait parlé des intrépides et des lâches et à son interprétation mystérieuse du « signe ». Quel éclat bizarre ses yeux, ses yeux étranges d'adulte, n'avaient-ils pas jeté alors ! Et, confusément, cette pensée me vint à l'esprit : ce Demian n'est-il pas aussi une sorte de Caïn ? Pourquoi le défend-il, sinon parce qu'il a des affinités avec lui ? D'où lui vient cette force dans le regard ? Pourquoi parle-t-il de ce ton railleur des « autres », des peureux qui sont pourtant pieux et agréables à Dieu ?

Ces pensées me hantaient. Une pierre était tombée dans un puits, ce puits était mon âme d'enfant, et, durant une très longue période de ma vie, cette histoire du meurtre de Caïn et du « signe » demeura le point où prirent naissance chez moi le doute, l'esprit critique, les tentatives de connaissance.

Je remarquai que les autres élèves aussi s'occupaient beaucoup de Demian. Je n'avais rien dit à personne au sujet de l'histoire de Caïn et, pourtant, il semblait en intéresser d'autres. Du moins bien des bruits circulaient à propos du « nouveau ». Si seulement je pouvais encore me les rappeler tous, chacun d'eux jetterait un trait de lumière sur sa personnalité, chacun d'eux serait plein de signification. Je me souviens seulement qu'on disait la mère de Demian très riche. Jamais, affirmait-on, elle n'allait à l'église, son fils non plus. C'étaient des juifs, disait un autre ; mais ce pouvaient être aussi des musulmans qui pratiquaient leur religion en secret. Des légendes couraient au sujet de la force physique de Demian. Il était vrai qu'il avait infligé une terrible humiliation au plus fort de sa classe, qui l'avait provoqué et traité de lâche parce qu'il refusait de se battre. Ceux qui avaient assisté au combat disaient que Demian n'avait eu qu'à saisir son adversaire par la nuque et à serrer fort ; le jeune garçon avait pâli, puis s'était éclipsé et, pendant plusieurs jours, n'avait pu se servir de son bras. Le temps d'une soirée, le bruit courut même qu'il était mort. N'importe quoi fut affirmé et cru un moment, tout était excitant et étrange. Puis l'on en eut assez pour quelque temps. Mais peu après d'autres bruits circulèrent parmi les écoliers, selon lesquels Demian avait des rapports intimes avec des filles et « savait tout ».

Pendant ce temps, je continuais à être la victime de Kromer. Je ne pouvais me délivrer de sa tyrannie. S'il lui arrivait de me laisser en paix pendant des jours entiers, je n'en étais pas moins enchaîné à lui. Il apparaissait comme mon ombre dans mes rêves et ce qu'il n'accomplissait pas dans la réalité, il le faisait dans ces songes où je devenais son esclave et dans lesquels — j'ai toujours rêvé intensément — je vivais plus que dans la vie réelle. Ces fantômes m'épuisaient. Je rêvais entres autres, souvent, que Kromer me maltraitait, qu'il crachait sur moi, qu'il appuyait son genou sur ma poitrine et — ce qui était pire — qu'il m'entraînait à commettre toutes sortes de crimes. A vrai dire, il ne m'y entraînait pas ; il se bornait à exercer son influence toute-puissante. Dans le plus terrible de ces rêves, d'où je me réveillai à moitié insensé, je tentai de tuer mon père. Kromer aiguisait un couteau qu'il mit dans ma main. Nous étions cachés derrière les arbres d'une allée et nous guettions quelqu'un, j'ignorais qui. Mais lorsque cette personne fut arrivée et que Kromer, par une simple pression sur mon bras, m'eut indiqué que c'était celle que je devais tuer, je reconnus mon père. Et je m'éveillai.

Il m'arrivait alors de penser encore à Caïn et à Abel, mais rarement à Demian. Quand, fait remarquable, il se rapprocha dans un rêve. Je rêvais comme à l'ordinaire que je subissais de mauvais traitements et toute sorte de violences, mais cette fois, ce n'était pas Kromer qui était agenouillé sur moi, c'était Demian. Et — chose tout à fait nouvelle et qui m'impressionna fortement — tout ce qui était tourment, tout ce que je subissais avec un sentiment de résistance de la part de Kromer, je le supportais volontiers de Demian, et avec un mélange de volupté et d'angoisse. Ce rêve se reproduisit encore une fois, puis Kromer reprit la place de Demian.

Il m'est depuis longtemps impossible de séparer ce que j'éprouvais dans ces rêves de ce que je vivais dans la réalité. Mes rapports pénibles avec Kromer se poursuivaient et ne prirent nullement fin lorsque je fus parvenu à lui payer la somme due, avec le produit de multiples petits vols. Non, car maintenant il était au courant de ces vols ; chaque fois il me demandait d'où provenait l'argent et, plus que jamais, j'étais son esclave. Fréquemment, il me menaçait d'aller tout raconter à mon père et mon angoisse était alors moins vive que le repentir de n'avoir pas tout avoué dès le début. En dépit de ma misère, je ne regrettais cependant pas tout, du moins pas toujours ; j'avais le sentiment qu'il avait dû en être ainsi. Un mauvais sort pesait sur moi et il était vain de chercher à m'y soustraire.

Mes parents ne souffraient sans doute pas peu de cet état de choses. Un esprit étranger s'était emparé de moi. Je ne cadrais plus dans notre communauté si paisible, si intime. Souvent, j'éprouvais la nostalgie lancinante du paradis perdu. Ma mère me traitait plutôt comme un malade que comme un scélérat, mais ce fut l'attitude de mes deux sœurs à mon égard qui me révéla le plus clairement comment j'étais dès lors considéré. Cette attitude, qui était pleine de ménagement et qui pourtant me rendait infiniment misérable, me faisait sentir nettement que j'étais une sorte de possédé, plus à plaindre qu'à blâmer, en qui le Malin avait pris demeure. Je sentais que l'on priait pour moi, autrement qu'auparavant, et je sentais l'inutilité de ces prières. A maintes reprises, j'éprouvai la nostalgie d'une confession complète, mais je sentais d'avance qu'il ne me serait pas possible de tout raconter et de l'expliquer convenablement ni à mon père ni à ma mère. Je savais que ma confession serait accueillie avec indulgence, que je serais traité avec bienveillance, que je serais plaint, mais non entièrement compris, et que toute l'histoire serait considérée comme un égarement passager, alors que tout s'était produit fatalement.

Plusieurs personnes, je le sais, diront qu'il est impossible qu'un enfant de onze ans à peine puisse éprouver ceci. Ce n'est pas à ceux-là que s'adresse mon histoire. Je la raconte à ceux qui connaissent mieux les hommes. L'adulte, qui a appris à transformer en pensées une partie de ses sentiments, déduit, du manque de ces pensées chez l'enfant, l'absence d'impressions de ce genre. Or, dans ma vie entière, j'ai rarement autant senti et souffert qu'à cette époque-là.

C'était un jour de pluie. J'avais été sommé par mon bourreau de me rendre sur la place du Château, et, là, j'attendais, en foulant de mes pieds les feuilles de marronniers trempées qui, sans interruption, tombaient des arbres noirs et ruisselants. Je n'avais pas d'argent, mais j'avais mis de côté deux morceaux de gâteau que j'apportais à Kromer afin de pouvoir lui donner au moins quelque chose. J'étais habitué à l'attendre ainsi, dans un coin, souvent pendant très longtemps, et je m'y résignais, comme l'homme se résigne à l'inévitable.

Enfin Kromer arriva. Ce jour-là, il ne resta pas longtemps. Il me donna un coup de poing ou deux dans les côtes, se mit à rire, prit le gâteau, m'offrit même une cigarette humide que je refusai et se montra plus amical qu'à l'ordinaire.

« Ah ! à propos, dit-il en s'en allant, j'allais oublier... La prochaine fois, tu pourras amener ta sœur, la plus grande. Comment s'appelle-t-elle ? »

Je ne compris pas et ne répondis pas. Etonné, je le regardai.

« Ne comprends-tu pas ? Il faut que tu m'amènes ta sœur.

— Oui, Kromer, mais cela n'est pas possible.

Je n'en ai pas le droit. D'ailleurs, elle ne voudra pas venir. »

Selon moi, cette prétention ne pouvait qu'être prétexte à chicane. Souvent, il faisait ainsi. Il formulait une exigence impossible, m'épouvantait, m'humiliait et, finalement, consentait à négocier. Il me fallait alors lui apporter de l'argent ou bien quelque autre cadeau.

Cette fois-là, il en fut autrement. Il ne se fâcha presque pas.

« Bon, bon, dit-il négligemment, tu réfléchiras. Je voudrais faire la connaissance de ta sœur. J'espère que cela s'arrangera une fois. Tu l'emmèneras promener avec toi et je vous rejoindrai. Demain, je te sifflerai et nous en reparlerons. »

Lorsqu'il eut disparu, j'eus l'intuition du sens exact de son désir. J'étais encore tout à fait enfant, mais j'avais entendu dire que, lorsque les garçons et les filles sont plus âgés, ils commettent ensemble certaines choses mystérieuses, indécentes, défendues. Et moi, je devais... Je compris soudain la monstruosité de sa demande. Je fus résolu aussitôt à ne m'y prêter jamais. Mais, quant à ce qui arriverait après, et à la façon dont Kromer se vengerait, je n'osai même pas y penser. Un nouveau martyre m'attendait. Je n'avais pas encore subi assez de tourments !

Désespéré, je traversai la place déserte, les mains dans mes poches. Nouvelles angoisses, nouvel esclavage !

Alors, une voix fraîche et profonde m'appela. Je m'effrayai et me mis à courir. Quelqu'un courut après moi et une main me saisit doucement. C'était Max Demian.

Je me constituai prisonnier.

« C'est toi ? dis-je d'un ton hésitant. Comme tu m'as effrayé ! »

Il me regarda. Jamais son regard n'avait ressemblé davantage à celui d'un adulte, d'un être supérieur, d'un voyant. Depuis longtemps, nous ne nous étions plus parlé.

« J'en suis fâché, dit-il de son ton poli et décidé, mais on ne doit pas se laisser effrayer ainsi.

— Cela peut arriver, cependant.

— Il paraît. Mais, vois, quand on sursaute ainsi devant quelqu'un qui ne vous a rien fait, ce quelqu'un-là commence à réfléchir. Cela l'étonne. Cela excite sa curiosité. Ce quelqu'un pense que tu es terriblement facile à effrayer et il se dit : on ne se comporte ainsi que lorsqu'on a peur. Les lâches ont toujours peur. Mais je ne crois pas que tu sois un lâche. N'est-ce pas ? Oh ! tu n'es pas un héros non plus ! Il est des choses dont tu as peur. Il y a aussi des hommes dont tu as peur. Et cela ne devrait pas être. Il ne faut jamais avoir peur des hommes. Tu n'as pourtant pas peur de moi ? Ou bien...

— Oh ! non ! pas du tout.

— Tu vois bien. Mais il y a des hommes dont tu as peur ?

— Je ne sais pas. Laisse-moi donc... Que veux-tu de moi ? »

Il me rattrapa — poussé par le désir de fuir, j'étais allé plus vite — et je sentis son regard à mon côté.

« Mets-toi en tête que je suis bien disposé à ton égard. Tu ne dois pas avoir peur de moi. J'aimerais faire une expérience avec toi, une expérience amusante et instructive. Fais bien attention ! Je m'essaie parfois à un art que l'on appelle lecture des pensées. Il n'y a pas la moindre sorcellerie là-dedans, mais quand on ne sait pas comment cela se pratique, cela paraît fort bizarre. De cette façon, l'on peut surprendre les gens. — Nous allons essayer — Donc, je t'aime bien, ou du moins, je m'intéresse à toi et je voudrais savoir ce qui se passe en toi. J'ai déjà fait le premier pas : je t'ai fait peur. Donc, tu es facile à effrayer. Il existe des choses et des hommes dont tu as peur. D'où cela peut-il venir ? Pourquoi craindre quelqu'un ? Lorsqu'on en a peur, cela vient généralement de ce qu'on lui a permis d'exercer un certain pouvoir sur soi. Par exemple, on a fait quelque chose de mal et l'autre le sait, d'où la puissance qu'il a acquise sur toi. Tu comprends ? C'est clair, n'est-ce pas ? »

Je le fixai, désemparé. Son visage intelligent, sérieux comme toujours, exprimait une bonté sans tendresse, voire une certaine sévérité. Il me sembla y discerner l'expression de la justice. Mon désarroi était complet. Un magicien ne se dressait-il pas devant moi ?

« As-tu compris ? » demanda-t-il à nouveau.

J'acquiesçai ; j'étais incapable de parler.

« Comme je te l'ai dit, cela a l'air bizarre, la lecture des pensées, mais c'est là une chose toute naturelle. Par exemple, je pourrais te dire à peu près ce que tu as pensé de moi lorsque je t'ai raconté l'histoire de Caïn et d'Abel. Mais n'en parlons pas. Il se peut aussi qu'une fois tu aies rêvé de moi. Laissons cela ! Tu es un garçon intelligent, la plupart sont si bêtes ! J'aime de temps à autre parler avec un garçon intelligent qui a confiance en moi. Cela te va-t-il ?

— Oh ! oui, seulement, je ne comprends pas...

— Restons-en donc à l'expérience amusante. Nous avons découvert que le jeune S... est peureux. Il craint quelqu'un. Probablement a-t-il un secret avec ce dernier, un secret très gênant. Est-ce cela à peu près ? »

Comme en un rêve, je subissais la fascination de sa voix, son influence étrange. Je fis signe que oui. Ne sortait-elle pas de moi-même cette voix qui savait tout, beaucoup mieux, beaucoup plus clairement que moi-même ?

Il me frappa énergiquement sur l'épaule.

« C'est donc bien cela ? Je l'avais pensé. Maintenant, une seule question encore. Sais-tu comment s'appelle le garçon qui vient de s'en aller ? »

La terreur m'envahit. Mon secret soupçonné se recroquevilla douloureusement en moi-même ; il ne voulait pas venir à la lumière.

« Quel garçon ? Il n'y avait que moi. »

Il se mit à rire.

« Dis-le-moi, voyons. Comment s'appelle-t-il ?

— Est-ce de Frantz Kromer que tu veux parler ? » murmurai-je.

Satisfait, il fit un signe approbateur.

« Bravo ! Tu es un type intelligent ! Nous deviendrons amis. Maintenant, il faut que je te dise quelque chose. Ce Kromer — enfin, quel que soit son nom — est un mauvais garçon. Son visage me dit qu'il est un vaurien. Qu'en penses-tu ?

— Oh ! oui, soupirai-je, il est mauvais, c'est un démon. Mais, pour l'amour de Dieu, il ne doit rien savoir ! Le connais-tu ? Te connaît-il ?

— Sois tranquille, il est parti, et il ne me connaît pas... pas encore. Mais je ferais volontiers sa connaissance. Il est de l'école populaire ?

— Oui.

— Dans quelle classe est-il ?

— En cinquième. Mais, ne lui dis rien, je t'en prie, ne lui dis rien !

— Sois tranquille. Tu n'as rien à craindre. Probablement, n'as-tu pas envie de me parler davantage de ce Kromer ?

— Je ne peux pas, non, laisse-moi »

Il garda le silence un moment.

« C'est dommage, dit-il ensuite. Nous aurions pu poursuivre notre expérience. Mais je ne veux pas te tourmenter. Cependant, tu sais bien, n'est-ce pas, que ta peur de lui n'est pas justifiée. Un pareil sentiment ne peut que nous avilir. Il faut s'en affranchir. Tu dois t'en affranchir si tu veux devenir un homme. Comprends-tu ?

— Oui, tu as raison... Mais cela n'est pas possible. Tu ne sais pas...

— Tu as pu te rendre compte que je sais beaucoup de choses, plus que tu ne penses. Lui devrais-tu de l'argent ?

— Oui, mais ce n'est pas là le principal. Je ne peux pas te dire. Je ne peux pas.

— Et si je te donnais autant d'argent que tu lui en dois, cela ne servirait-il à rien ? Je te le donnerais volontiers.

— Non, non ! Ce n'est pas cela. Et, je t'en prie, ne dis rien à personne ! Pas un mot ! Tu me rends malheureux.

— Aie confiance en moi, Sinclair. Un jour, plus tard, tu me feras part de ce secret.

— Jamais, jamais ! criai-je avec violence.

— C'est comme tu voudras. Je crois qu'un jour tu m'en diras davantage, mais de ton plein gré, cela va de soi. Tu ne penses pourtant pas que j'agirai comme Kromer ?

— Oh ! non, mais tu ne sais rien de tout cela !

— Rien du tout. J'y réfléchis seulement. Et, jamais, je ne me conduirai comme Kromer, tu peux me croire. D'ailleurs, tu ne me dois rien à moi non plus. »

Nous gardâmes le silence un bon moment. Peu à peu, je me calmai. Mais le savoir de Demian me paraissait toujours plus énigmatique.

« Maintenant, je vais à la maison, dit-il en resserrant davantage les pans de son manteau de loden sous la pluie. Je voudrais seulement te dire encore — maintenant que nous en sommes là — que tu devrais te débarrasser de ce garnement. S'il n'y a pas d'autre moyen, tue-le. Cela me ferait plaisir et m'en imposerait si tu le faisais. Je t'aiderais, d'ailleurs. »

De nouveau, la peur m'envahit. Subitement, l'histoire de Caïn me revint à l'esprit. Je commençai à être angoissé et me mis à pleurer sans bruit. Cette atmosphère était trop inquiétante.

« Bon, bon ! dit Max Demian en souriant. Va donc à la maison. Nous arrangerons cela, mais le plus simple eût été de le tuer. En pareil cas, le moyen le plus simple est aussi le meilleur. Tu es en de très mauvaises mains depuis que tu fréquentes ce Kromer. »

Je rentrai à la maison. Il me semblait que j'en avais été absent une année entière. Tout était transformé. Les portes de l'avenir se rouvraient.

L'espoir renaissait. Je n'étais plus seul. Maintenant, je me rendais compte de la solitude effrayante où durant des semaines et des semaines j'avais vécu avec mon secret. Et une pensée que j'avais souvent méditée se présenta à nouveau à mon esprit, à savoir qu'une confession à mes parents m'eût soulagé, mais non entièrement délivré. Maintenant, je m'étais presque confessé à un autre, à un étranger, et, comme un parfum violent, le pressentiment de ma délivrance prochaine pénétra mon âme.

Mon angoisse n'était cependant pas encore tout à fait dissipée, et je m'attendais à de longues et terribles explications avec mon ennemi. Aussi fus-je d'autant plus surpris que tout se passât aussi secrètement et paisiblement.

Le coup de sifflet de Kromer devant notre maison cessa, pendant un jour, deux jours, trois jours, toute une semaine. J'osais à peine croire à ma liberté retrouvée et m'attendais constamment à voir apparaître mon bourreau au moment où j'y penserais le moins. Mais il ne se montra plus. Je restai défiant jusqu'au jour où je rencontrai Frantz Kromer. Il descendait la rue des Cordiers et venait droit à ma rencontre. Lorsqu'il me vit, il tressaillit, fit une grimace embarrassée et, aussitôt, rebroussa chemin pour m'esquiver.

Ce fut pour moi un moment extraordinaire. Mon ennemi fuyait à ma vue ! Mon bourreau avait peur de moi ! J'étais pénétré de joie et de surprise.

Peu après, Demian se montra de nouveau. Il m'attendait devant l'école.

« Bonjour ! dis-je.

— Bonjour, Sinclair. Je voulais seulement savoir

comment tu vas. Kromer te laisse en paix maintenant, n'est-ce pas ?

— C'est toi qui as fait cela ? Mais comment
donc ? Comment donc ? Je n'y comprends rien. Il
ne s'est plus manifesté.

— C'est bien. Si jamais il revenait — ce qu'il
ne fera pas, je pense, — mais c'est un type effronté
— dis-lui seulement de se souvenir de Demian.

— Mais comment cela s'est-il passé ? L'as-tu
provoqué ? L'as-tu rossé ?

— Non, je ne recours pas volontiers à ce moyen.
Je lui ai parlé simplement comme je t'ai parlé et
je l'ai persuadé que son propre avantage était de
te laisser tranquille.

— Tu ne lui as pas donné d'argent, tout de
même ?

— Non, mon petit, ce moyen, tu l'avais déjà
essayé. »

Il coupa court à toute nouvelle question et
s'éclipsa. Je restai là, en proie au sentiment oppressant que, dès le début, j'avais éprouvé à son égard,
ce sentiment bizarrement mêlé de reconnaissance
et de crainte, d'admiration et d'angoisse, de sympathie et de résistance intérieure.

Je me proposai de le revoir bientôt afin de repar-
ler avec lui de toutes ces choses et de Caïn également.

Mais il n'en fut rien.

Je ne crois pas à la reconnaissance en tant que
vertu, et il me semble faux de l'exiger d'un enfant.
Aussi ne suis-je pas trop étonné de l'ingratitude
dont je fis preuve à l'égard de Max Demian. Aujour-
d'hui, je suis certain que j'étais malade et perdu
à jamais, s'il ne m'avait tiré des griffes de Kromer.

En ce temps-là déjà, je sentais que cette délivrance était l'événement le plus important de ma jeune existence, mais, quant au sauveur, je le plantai là, aussitôt le miracle accompli.

Comme je l'ai déjà dit, ce n'est pas cette ingratitude qui me surprend ; ce qui me semble extraordinaire, c'est le manque complet de curiosité dont je témoignai. Comment est-il possible que j'aie pu vivre tranquillement un seul jour sans penser à éclaircir les mystères avec lesquels Demian m'avait mis en contact ? Comment ai-je pu contenir mon avidité d'en apprendre davantage sur Caïn, sur Kromer, sur la lecture des pensées ?

C'est à peine croyable et, pourtant, c'est ainsi. Je me voyais tout à coup délivré des filets du Diable. Devant moi, le monde s'étendait de nouveau clair et joyeux. Je n'étais plus sujet à des accès de frayeur, à des battements de cœur qui m'étouffaient. Le mauvais charme était rompu. Je n'étais plus un damné, un possédé. J'étais redevenu un écolier comme auparavant. Aussi rapidement que possible, ma nature cherchait à reprendre son équilibre, son calme, et, avant tout, elle s'efforçait d'écarter, de repousser, d'oublier toutes ces impressions laides et menaçantes. La longue histoire de ma faute et de mes angoisses s'effaça étrangement vite de ma mémoire, sans y laisser de trace apparente, de cicatrice quelconque.

Que j'aie, par contre, cherché à oublier mon sauveur aussi rapidement que possible, je le comprends également aujourd'hui. Au sortir de la vallée de larmes où m'avait conduit ma damnation, affranchi du terrible esclavage de Kromer, j'ai fui, guidé par toutes les impulsions et les forces de mon âme meurtrie, pour retourner là où j'avais été heureux et tranquille auparavant : au paradis perdu qui s'ouvrait à nouveau, au monde lumineux de mon père et de ma mère, auprès de mes sœurs, dans l'atmosphère de pureté, dans l'état d'un Abel, agréable à Dieu.

Le jour même de mon court entretien avec Demian, lorsque j'eus été pleinement persuadé de ma liberté reconquise, et délivré de toute crainte de rechute, je fis ce que, plus d'une fois, j'avais désiré ardemment : je me confessai. J'allai chez ma mère. Je lui montrai la petite tirelire dont la serrure était brisée et qui était remplie de jetons au lieu d'argent, et je lui racontai combien longtemps, et par ma propre faute, j'avais vécu sous le joug d'un méchant garnement. Elle ne comprit pas tout, mais elle vit la boîte ; elle vit que mon regard était changé, que ma voix était changée ; elle sentit que j'étais guéri, que je lui étais rendu.

Ainsi, je célébrai solennellement la fête du retour, la fête de l'enfant prodigue. Ma mère me conduisit à mon père ; l'histoire fut répétée ; les questions et les exclamations d'étonnement se succédèrent. Mes parents me caressèrent les cheveux et respirèrent de nouveau, délivrés de leurs lourdes inquiétudes. C'était magnifique et émouvant ; c'était comme dans les contes ! Tout se résolvait en une merveilleuse harmonie.

Dans ce monde harmonieux, je me réfugiai avec une véritable passion. Je ne pouvais assez me rassasier d'avoir recouvré la paix, de jouir à nouveau de la confiance de mes parents. Je devins un enfant modèle. Je jouai plus que jamais avec mes sœurs, et, au culte du matin et du soir, je chantai de nouveau les chers vieux cantiques avec la ferveur d'une âme sauvée, d'un pécheur converti. J'y mettais tout mon cœur. Il n'y avait chez moi aucune trace d'hypocrisie.

Cependant, tout n'était pas en ordre. Et cela seul peut expliquer mon ingratitude à l'égard de Demian. C'est à lui que j'aurais dû me confesser. La confession eût été moins attendrissante, moins théâtrale, mais, pour moi, elle eût été plus féconde. Je me cramponnais maintenant de toutes mes forces à ce monde d'autrefois, ce monde paradisiaque, dans lequel j'étais retourné et qui m'avait accueilli avec miséricorde. Mais Demian n'appartenait point à ce monde. Il y détonnait. Comme Kromer — bien que différemment — il était aussi un séducteur. Comme lui, il me rattachait à l'autre monde, au monde nuisible et mauvais, et de ce monde-là, je ne voulais plus rien savoir. Maintenant que j'étais redevenu un Abel, je ne pouvais et ne voulais pas magnifier Caïn.

Voilà ce qu'il en était extérieurement. Intérieurement, voici ce qui se passa. J'avais été délivré des mains de Kromer et du Diable, mais non par mes propres forces, non par mon propre mérite. J'avais essayé de cheminer sur les sentiers du monde et ils avaient été trop glissants pour moi. Maintenant qu'une main amie m'avait sauvé, je courais, sans même jeter un regard de côté, me réfugier auprès de ma mère, retrouvant la sécurité de l'enfant choyé et innocent. Je me fis plus dépendant, plus puéril. Il me fallait remplacer la dépendance à l'égard de Kromer par une autre dépendance, car je ne pouvais me diriger seul. C'est pourquoi je choisis aveuglément la dépendance à l'égard de mes parents, du cher monde d'autrefois, du monde lumineux qui, je le savais déjà, n'était pas l'unique.

Si je ne m'étais comporté ainsi, j'aurais dû me raccrocher à Demian et en faire mon confident. Si je n'en fis rien, ce fut — du moins le pensai-je à ce moment-là — parce que j'éprouvais à l'égard de ses pensées étranges une méfiance justifiée. En réalité, ce n'était là que de la crainte. Car Demian aurait exigé de moi ce que mes parents n'exigeaient pas ; plus encore : il aurait tenté, par les exhortations, la raillerie et l'ironie, de me rendre plus indépendant. Ah ! je le sais aujourd'hui, rien ne coûte plus à l'homme que de suivre le chemin qui mène à lui-même.

Cependant, six mois plus tard environ, au cours d'une promenade, je ne pus résister à la tentation de demander à mon père ce qu'il fallait penser de l'opinion selon laquelle certaines personnes considéraient Caïn comme supérieur à Abel.

Il fut très étonné et m'expliqua que c'était là une conception qui n'était pas nouvelle. Son origine remontait aux premiers siècles du christianisme, et elle s'était développée au sein de certaines sectes, dont l'une se nommait caïnisme. Naturellement, cette doctrine insensée n'était rien d'autre qu'un essai tenté par le Diable pour détruire notre foi. Car, si l'on affirmait le bon droit de Caïn et le tort d'Abel, il s'ensuivait logiquement que Dieu s'était trompé, donc que le Dieu de la Bible n'était pas le Dieu unique et véritable, mais un faux Dieu. Les caïnistes avaient en effet enseigné et prêché semblable hérésie, mais elle avait disparu depuis longtemps et il ne pouvait que s'étonner du fait qu'un camarade d'école ait pu en entendre parler. Toujours est-il qu'il m'exhorta sérieusement à laisser ces pensées de côté.

LE LARRON

Il y aurait bien des souvenirs, beaux, tendres et
attachants à raconter de mon enfance, de mon existence bien à l'abri auprès de mon père et de ma
mère, de l'amour que je leur portais, de ma vie
comblée, toute de jeu, dans une atmosphère douce,
agréable et claire. Mais ce qui m'intéresse uniquement, ce sont les pas que j'ai faits au-devant de
moi-même. Je laisse briller dans le lointain les
agréables lieux de repos, les îles bienheureuses et
les paradis, dont le charme ne me restait pas
inconnu ; je ne désire pas y pénétrer une fois
encore.

Aussi ne parlerai-je que des impressions entièrement nouvelles, de ce qui me poussa en avant,
de ce qui m'arracha à mon enfance.

Les impulsions de l'« autre monde » se renou-
velaient constamment, entraînant avec elles l'angoisse, la contrainte, le sentiment de la mauvaise
conscience ; toujours révolutionnaires et menaçant la paix où j'aurais voulu demeurer.

Les années vinrent où il me fallut à nouveau découvrir qu'en moi-même vivait un instinct qui, dans le monde permis, devait ramper et se dissimuler. De même que la plupart des hommes, je ressentais le lent éveil de la sexualité comme ennemi, destructeur, interdit, comme une tentation et un péché. Ce qui excitait ma curiosité, ce qui me faisait rêver et me procurait à la fois volupté et tourment, le grand mystère de la puberté, ne cadrait pas du tout avec ma vie paisible d'enfant heureux, si bien entourée et protégée. Je fis comme tous. Je menai la double existence de l'enfant qui n'est plus un enfant. Ma conscience vivait dans ce qui était familier et permis ; ma conscience niait le nouveau monde naissant. Mais, à côté de cette existence, j'en menais une autre, vie souterraine de rêves, d'instincts, de désirs obscurs, par-dessus laquelle la vie consciente jetait des ponts de plus en plus fragiles, car le monde de mon enfance s'écroulait. Comme la plupart des parents, les miens ne m'aidèrent en rien lors du réveil de ces instincts que l'on taisait obstinément. Ils appuyèrent seulement, avec une patience infinie, mes efforts désespérés pour nier la réalité et continuer à vivre une existence d'enfant qui devenait toujours plus irréelle et mensongère. Je ne sais si les parents peuvent beaucoup dans ce domaine et je ne fais aux miens aucun reproche. C'était à moi de me tirer d'affaire et de trouver mon chemin et, comme tous les enfants bien élevés, je m'en tirai fort mal.

Tout homme doit traverser cette épreuve. Pour les hommes moyens, c'est là le moment où les exigences de leur propre personnalité se heurtent le plus durement au monde environnant, où le chemin en avant est le plus amer à frayer. Si la destinée humaine est mort et renaissance, beaucoup ne l'expérimentent que cette unique fois dans leur vie, alors que notre enfance se désagrège et, peu à peu, se détache de nous, alors que nous sommes abandonnés de tout ce qui nous était cher et que, tout à coup, nous sentons autour de nous la solitude glacée de l'univers. Et beaucoup demeurent pour toujours cramponnés à l'un de ces débris et, douloureusement, s'accrochent à un passé qui ne reviendra plus, au rêve du paradis perdu, le pire des rêves, le plus meurtrier.

Revenons à notre histoire. Les sentiments et les rêves qui annoncèrent la fin de mon enfance ne sont pas assez importants pour être racontés. Le plus important était ce fait : « le monde sombre », l'« autre monde » manifestait de nouveau sa présence. Ce qu'avait été Frantz Kromer se trouvait à présent en moi-même. Et, du dehors, l'« autre monde » reprit sa puissance sur moi.

Plusieurs années s'étaient écoulées depuis mon aventure avec Kromer. Cette période coupable et dramatique de mon enfance me semblait bien loin alors et, tel un bref cauchemar, semblait s'être évanouie. Depuis longtemps, Frantz Kromer avait disparu de ma vie ; c'est à peine si je faisais attention à lui lorsque, parfois, je le rencontrais. Par contre, l'autre figure importante de ma tragédie, Max Demian, ne disparut jamais tout à fait de mon horizon. Mais pendant longtemps il demeura à l'écart, visible, mais ne participant point à mon existence. Puis, peu à peu, il se rapprocha, en exerçant de nouveau son influence puissante.

Je tâche de me rappeler ce qu'à cette époque je savais de Demian. Peut-être, pendant une année et même davantage, ai-je cessé de lui parler. Je l'évitais et il ne m'imposait nullement sa présence. Parfois, quand nous nous rencontrions, il me faisait un signe de tête. Il me semblait alors que dans son amabilité, il y avait une nuance de raillerie et comme un reproche ironique ; mais peut-être n'était-ce qu'imagination de ma part. L'histoire que j'avais vécue avec lui et l'influence étrange qu'il avait alors exercée sur moi semblaient avoir disparu de notre mémoire à tous deux.

Je m'efforce de me souvenir de lui, et en cherchant dans ma mémoire, je constate qu'il n'avait jamais cessé d'être là et d'être remarqué par moi. Je le vois aller à l'école, seul, ou avec d'autres élèves des classes supérieures. Je le vois cheminer au milieu de ses camarades, tranquille et solitaire, étranger à eux, enveloppé d'une atmosphère qui lui est propre, atmosphère stellaire en quelque sorte, soumis à des lois personnelles. Personne ne l'aimait, personne n'était intime avec lui, si ce n'était sa mère, et avec elle aussi, il semblait se comporter non comme un enfant, mais comme une grande personne. Les maîtres le laissaient le plus possible en paix. Il était bon élève, mais ne cherchait à plaire à personne, et, de temps à autre, il était question de quelque parole, ou d'un commentaire de Demian, ou bien d'une réplique à un professeur qui frappaient par l'audace et brillaient par l'ironie.

Je réfléchis, les yeux fermés, et peu à peu, son image émerge des ombres du passé. Où était-ce ? Oui, je vois, maintenant. C'était dans la rue, devant notre maison. Il était debout, un calepin à la main, en train de dessiner. Il dessinait le vieux blason avec l'oiseau qui se trouvait au-dessus de notre porte. Et moi, à une fenêtre, caché derrière le rideau, je le regardais, et, avec un étonnement profond, je considérais son visage attentif, froid et serein, tourné vers le blason, avec l'expression d'un homme, d'un chercheur ou d'un artiste, d'un être supérieur, d'un être de volonté, — visage étrangement froid et serein, avec des yeux de voyant.

Et je le revois de nouveau. C'était quelque temps après, dans la rue, à la sortie de l'école. Nous étions tous accourus pour regarder un cheval qui venait de s'abattre. Il gisait sur le sol, attelé encore au timon d'un char de paysan ; péniblement il aspirait l'air de ses naseaux grands ouverts ; d'une blessure invisible, son sang coulait, et, à côté de lui, la poussière blanche de la route se fonçait lentement en l'absorbant. Un peu écœuré par ce spectacle, je me détournai et je vis le visage de Demian. Il ne s'était pas poussé en avant ; il se tenait parmi les derniers, dans l'attitude élégante et désinvolte qui lui était propre. Son regard semblait fixé sur la tête de l'animal et exprimait de nouveau cette attention profonde, tranquille, presque fanatique, non passionnée cependant. Je le regardai longuement et, alors, j'eus l'impression obscure de quelque chose de très particulier. Je regardai le visage de Demian et je remarquai que non seulement ce n'était pas là le visage d'un jeune garçon, mais celui d'un homme. Je vis en outre, je crus voir ou sentir que ce n'était pas non plus le visage d'un homme, mais qu'il y avait aussi quelque chose de féminin. Et, l'espace d'un instant, ce visage ne me sembla plus celui d'un homme ni d'un enfant. Il ne me parut ni vieux ni jeune, mais âgé de mille ans, ou plutôt, sans âge, portant l'empreinte d'autres cycles que ceux vécus par nous. Des animaux peuvent avoir cet air-là, ou des arbres, ou des étoiles, je ne sais. Je ne sentis pas d'une façon distincte ce que, tant d'années après, je raconte maintenant, mais quelque chose d'approchant. Peut-être était-il beau, peut-être me plaisait-il, peut-être m'était-il antipathique, aussi ; là encore, je n'aurais pu me prononcer. Je vis seulement qu'il était autre que nous. Il ressemblait à un animal, ou à un esprit, ou à une image, je ne sais, mais il était autre, inexprimablement autre que nous tous.

Mes souvenirs ne m'en apprennent pas davantage, et peut-être ce que j'exprime là est-il en partie emprunté à des impressions ultérieures.

Quand j'eus quelques années de plus, seulement, je me rapprochai enfin de lui encore. Demian n'avait pas été confirmé à l'église à l'âge habituel, et aussitôt, des rumeurs avaient couru à ce sujet. On disait de nouveau à l'école qu'il était juif, ou plutôt païen. D'autres prétendaient qu'il n'avait été élevé dans aucune religion ainsi que sa mère, ou qu'il appartenait à une secte bizarre et dangereuse. En rapport avec tous ces bruits, il me semble même l'avoir entendu soupçonné de vivre avec sa mère comme avec une amante. Le plus probable était qu'il avait été élevé jusque-là en dehors de toute religion, ce qui faisait craindre quelque inconvénient pour son avenir. Quoi qu'il en soit, sa mère se décida à le faire confirmer deux ans après ses compagnons du même âge. Il en résulta que, pendant toute la durée de l'enseignement religieux

préparatoire à la confirmation, il fut mon camarade.

Pendant quelque temps, je l'évitai. Je ne voulais absolument pas avoir affaire avec lui. Trop de
on-dit couraient à son sujet ; trop de mystère l'en-
vironnait. Mais ce qui me gênait le plus, c'était le
sentiment d'être son obligé depuis l'aventure avec
Kromer. Et puis, en ce temps-là, j'étais bien assez
absorbé par mes propres mystères. Pour moi,
l'époque de la confirmation coïncidait avec celle
de la révélation décisive au point de vue sexuel et,
malgré toute ma bonne volonté, le pieux enseignement n'en était pas peu compromis. Les choses
dont nous parlait le pasteur me semblaient baigner
dans une atmosphère d'irréalité sacrée ; elles
étaient peut-être belles et précieuses, mais elles
n'étaient pas actuelles et excitantes, tandis que
les autres l'étaient au plus haut degré.

Si cette situation me rendait indifférent à l'égard
de l'enseignement religieux, elle contribua, en revanche, à raviver mon intérêt pour Demian. Quelque
chose semblait nous unir. Il me faut suivre ce fil
le plus exactement possible. Pour autant que je
m'en souvienne, notre rapprochement commença
un matin, de bonne heure, alors que la lumière
brûlait encore dans la salle. Notre maître de religion nous parlait de Caïn et d'Abel. Je ne faisais
guère attention à ses paroles, j'avais sommeil et
j'écoutais à peine. Alors, le pasteur, en élevant tout
à coup la voix, commença à parler avec force du
signe de Caïn. A ce moment même, j'eus l'intuition
d'une sorte de contact, d'avertissement secret, et,
en levant les yeux, j'aperçus ceux de Demian (il
était assis sur l'un des premiers bancs) fixés sur

moi avec un regard clair et expressif qui pouvait aussi bien refléter la gravité que l'ironie. Il ne me regarda qu'un instant. Alors, je me mis à écouter avec attention les paroles du pasteur. Je l'entendis parler de Caïn et de son signe. Tout au fond de moi-même, je sentais que la façon dont il interprétait le signe était critiquable, qu'on pouvait l'expliquer autrement.

Cette minute m'avait de nouveau rattaché à Demian. Et, fait étrange, à peine ce sentiment d'un certain rapprochement fut-il né dans nos âmes que, magiquement, il se traduisit dans l'espace. J'ignore si c'était Demian qui avait lui-même opéré cette modification, ou si c'était pur hasard (à cette époque, je croyais fermement au hasard), mais, au bout de peu de jours, il avait changé de place et se trouvait assis exactement devant moi ; je me rappelle encore avec quel plaisir je respirais dans l'air vicié de la salle de classe surchargée, la fraîche et douce odeur de savon que dégageait sa nuque le matin. Au bout de quelques jours encore, il avait de nouveau changé de place et se trouvait maintenant à côté de moi, où il resta durant tout l'hiver et tout le printemps.

Les leçons du matin furent complètement métamorphosées. Je n'y somnolais plus ; je ne m'y ennuyais plus. Je me réjouissais. Souvent, nous écoutions tous deux le pasteur avec la plus grande attention. Un regard de mon voisin suffisait à me rendre attentif à une histoire curieuse ou à une parole étrange. Et un autre regard de lui suffisait à éveiller chez moi le doute et l'esprit critique.

Mais, la plupart du temps, nous étions de mauvais élèves et écoutions à peine. Demian était très aimable à l'égard des professeurs et des élèves. Jamais je ne le vis faire de farces d'écoliers. Jamais on ne l'entendait rire ou bavarder. Jamais il ne s'attira le moindre blâme de ses maîtres. Mais, silencieusement, et plutôt par signes et par le regard, il savait me faire participer à ses propres occupations dont la plupart étaient étranges. Il me désignait par exemple l'élève qui l'intéressait ; il en connaissait plusieurs à fond. Avant la leçon, il me disait : « Quand je te ferai signe avec le pouce, tel ou tel se tournera et regardera de notre côté, ou se grattera la nuque », etc. Et, pendant la leçon, alors que je n'y pensais plus, Demian tournait son pouce de façon à attirer mon attention. Je jetais un rapide coup d'œil du côté de l'élève désigné et, chaque fois, je le voyais, comme mû par un fil magique, faire le geste désiré. Je tourmentais Max afin qu'il fît une expérience sur le maître, mais il s'y refusa toujours. Cependant, lorsqu'une fois, en entrant dans la classe, je lui dis que je n'avais pas appris ma leçon et que j'espérais que le pasteur ne m'interrogerait pas ce jour-là, il vint à mon secours. Le pasteur chercha un élève à qui il voulait faire réciter un peu de catéchisme, et son regard errant dans la salle s'arrêta un instant sur mon visage coupable. Lentement, il tendit son doigt vers moi ; il avait déjà mon nom sur les lèvres, lorsque, tout à coup, il devint distrait et inquiet, porta sa main à son col, se dirigea vers Demian qui le regardait fixement, sembla vouloir lui poser une question, puis se détourna avec une rapidité surprenante, toussota et appela un autre élève.

Ces tours m'amusaient beaucoup ; peu à peu seulement, je découvris que souvent, mon ami se livrait au même jeu avec moi. De temps en temps, sur le chemin de l'école, j'avais soudain l'impression que Demian marchait derrière moi et, quand je me retournais, il était là, en effet.

« Peux-tu donc faire penser à un autre ce que tu veux ? » lui demandai-je un jour.

Obligeamment, il me répondit, avec son air calme et posé :

« Non, on ne le peut pas. Il n'est point de volonté libre, bien que le pasteur l'affirme. L'autre ne peut penser ce qu'il veut, pas plus que je ne peux lui faire penser ce que je veux. Mais l'on peut observer quelqu'un attentivement et alors, l'on peut dire avec assez de précision ce qu'il pense ou ce qu'il sent, et prévoir aussi ce qu'il fera l'instant suivant. C'est fort simple, mais les gens l'ignorent. Naturellement, cela demande de l'exercice. Par exemple, il y a certaines espèces de papillons nocturnes chez qui les femelles sont beaucoup plus rares que les mâles. Les papillons se reproduisent à peu près comme beaucoup d'animaux. Le mâle féconde la femelle qui ensuite pond des œufs. Eh bien, si tu as chez toi une femelle de ces papillons de nuit — c'est là un fait qui a souvent été observé par les naturalistes — les papillons mâles accourent de toutes parts, et d'une distance de plusieurs kilomètres — de plusieurs heures de distance, imagine-toi. A une distance de plusieurs kilomètres ces mâles sentent la présence de l'unique femelle qui se trouve dans la contrée. On a essayé d'expliquer cela, mais c'est très difficile. Il s'agit là sans doute d'une sorte d'odorat, semblable à celui des bons chiens de chasse capables de retrouver et de suivre la trace la plus légère. Tu comprends ? Ce sont des phénomènes qui abondent dans la nature et que nul ne peut expliquer. Mais, selon moi, si les femelles, chez ces papillons, étaient aussi nombreuses que les mâles, ceux-ci n'auraient pas besoin de cet odorat si fin. S'ils le possèdent, c'est le besoin qui le leur a fait acquérir. Lorsqu'un animal ou un homme tend toute son attention, toute sa volonté sur un but défini, alors il ne peut manquer de l'atteindre. C'est là tout. Et il en est exactement de même à propos de ce que tu m'as demandé. Lorsqu'on a observé un homme avec assez d'attention, l'on en sait sur lui plus que lui-même. »

Le mot « lecture des pensées » était sur mes lèvres. J'étais sur le point de lui rappeler la scène avec Kromer, si loin de nous, maintenant. Jamais, ni lui ni moi n'y avions fait la plus petite allusion. On eût dit qu'il n'y avait rien eu entre nous, ou que chacun de nous admettait tacitement que l'autre l'eût oublié. Il nous était arrivé même, une fois ou deux, de rencontrer Kromer dans la rue, mais nous n'échangions aucun regard, nous ne prononcions pas la moindre parole à son sujet.

« Qu'entends-tu donc par volonté ? demandai-je. Tu dis que nous n'avons pas de volonté libre, et ensuite, tu déclares qu'il suffit de diriger fermement sa volonté sur un but quelconque afin de l'atteindre. Tu te contredis. Si je ne suis pas maître de ma volonté, comment puis-je la diriger à mon gré ici ou là ? »

Il me frappa sur l'épaule, ce qu'il faisait souvent quand il était content de moi.

« Tu fais bien de me demander cela, dit-il en

souriant. Il faut toujours questionner, toujours douter. Mais c'est très simple. Si, par exemple, un papillon de nuit voulait atteindre une étoile ou quelque chose de semblable, il ne le pourrait pas. Aussi n'essaie-t-il pas. Il cherche seulement ce qui présente un sens et une valeur pour lui, ce dont il a besoin, ce qu'il lui faut absolument. Et il réussit l'incroyable : il crée un sixième sens magique que ne possède aucun autre animal. Nous avons plus de latitude et plus d'intérêts qu'un animal ; mais, nous aussi, nous nous mouvons dans un cercle relativement étroit que nous sommes incapables de franchir. Je puis bien m'imaginer que par exemple, je veuille me rendre sur-le-champ au pôle Nord ; mais je ne puis vouloir assez fortement, et par là être capable de réaliser mon désir, que lorsqu'il me possède entièrement. Quand ce cas se présente, quand tu essaies d'accomplir ce qui t'est dicté intérieurement, alors, cela réussit, alors tu peux atteler ta volonté comme un bon coursier. Si, par exemple, je voulais amener notre pasteur à ne plus porter de lunettes, j'échouerais parce que ce n'est là qu'un enfantillage. Mais, lorsque, l'automne dernier, je voulus à tout prix changer de banc, cela alla tout seul. Il se trouva subitement un élève qui, par rang alphabétique, devait être placé avant moi et qui avait été malade jusque-là, et, quelqu'un devant lui céder la place, ce fut moi, naturellement, parce que ma volonté était prête à saisir cette occasion.

— Oui, dis-je, c'est une chose qui m'a frappé alors. Depuis le moment où nous avons commencé à nous intéresser l'un à l'autre, tu t'es toujours rapproché de moi. Mais comment t'y es-tu pris ?

Au début, tu n'es pas venu t'asseoir tout à fait à côté de moi, mais devant moi d'abord, n'est-ce pas ? Comment donc t'y es-tu pris ?

— De la façon suivante : je ne savais pas moi-même exactement où je voulais aller lorsque je désirai changer de place. Je savais seulement que je voulais être assis plus en arrière. Ma volonté tendait à te rejoindre, mais elle n'était pas encore consciente. Simultanément, ta propre volonté aida la mienne. Quand je fus assis devant toi, je me rendis compte que mon désir n'était qu'à moitié rempli et je constatai que je voulais être assis à côté de toi.

— Mais aucun nouveau n'est venu alors ?

— Non, mais alors, je fis simplement ce que je désirais et, sans hésiter, je m'assis à côté de toi. Le gamin avec qui je changeai de place fut seulement étonné et me laissa faire. Le pasteur, cependant, remarqua une fois qu'un changement avait eu lieu. En général, chaque fois qu'il a affaire à moi, quelque chose le tourmente secrètement. Il sait que je m'appelle Demian et que je devrais être assis parmi les D et non pas tout au fond avec les S. Mais cela ne pénètre pas jusqu'à sa conscience, car ma volonté y est contraire et sans cesse y met obstacle. Il s'aperçoit de nouveau qu'il y a une anomalie, et me regarde et commence à m'étudier, le brave homme. Mais j'ai un moyen très simple. Chaque fois, je le regarde fixement, ce que, la plupart du temps, les gens ne supportent pas. Cela ne manque jamais de les troubler. Si tu veux obtenir quelque chose de quelqu'un, tu n'as qu'à le regarder à l'improviste tout à fait fixement dans les yeux, et s'il ne bronche pas, renonces-y.

Tu n'obtiendras jamais rien de lui. Mais c'est là un fait très rare. Je ne connais qu'une personne avec qui ce procédé ne réussit pas.

— Qui est-ce ? » me hâtai-je de demander.

Il me regarda en rapetissant un peu ses yeux, ce qui lui arrivait lorsqu'il réfléchissait. Puis, sans mot dire, il détourna son regard, et il me fut impossible, malgré ma violente curiosité, de répéter ma question.

Mais je crois qu'il voulait alors parler de sa mère. Il semblait vivre très intimement avec elle, mais ne parlait jamais d'elle et, jamais, ne me conduisit chez lui. Je savais à peine comment elle était.

Je tentai plusieurs fois de l'imiter et de concentrer ma volonté sur quelque but. Bien que, à ce qu'il me semblait, il s'agît là de désirs assez ardents, j'échouai complètement. Jamais je n'osai en parler à Demian. Je ne pouvais lui avouer l'objet de mes désirs et jamais il ne me questionna.

Entre-temps, bien des brèches étaient apparues dans ma foi religieuse. Cependant, grâce à l'influence de Demian, ma pensée différait profondément de celle de mes camarades qui faisaient montre d'incroyance complète. Il y en avait quelques-uns et ils ne craignaient pas, à l'occasion, de déclarer combien il était ridicule et indigne d'un homme de croire en Dieu et à des fables telles que la Trinité et la conception de Jésus, et qu'il était honteux de colporter encore ces vieilles histoires. Je ne pensais point ainsi. Si, sur certains points, je nourrissais des doutes, j'étais trop convaincu, par l'expérience de mon enfance, de la réalité d'une vie religieuse comme celle de mes parents, par exemple, et j'étais persuadé que chez eux, ce n'était là ni preuve d'un esprit borné, ni hypocrisie. Bien plus, j'éprouvais toujours envers la religion le respect le plus profond. Mais Demian m'avait habitué à concevoir et à interpréter les récits de l'Ecriture sainte et les dogmes d'une manière plus libre, plus personnelle, avec plus de fantaisie, et j'acceptais toujours volontiers ses interprétations que je goûtais beaucoup. Plusieurs d'entre elles, cependant, me paraissaient trop audacieuses, ainsi la signification donnée à l'histoire de Caïn. Une fois même, pendant le cours de religion, il m'effraya par une interprétation qui était, si possible, plus hardie encore.

Le maître nous avait parlé du Golgotha. Le récit biblique des souffrances et de la mort du Sauveur m'avait toujours profondément impressionné et, dans mon enfance, le Vendredi saint, après la lecture par mon père du récit de la Passion, je vivais intimement, plein d'émotion et de ferveur sacrées, dans ce monde douloureux, pâle et beau, fantomal et cependant infiniment vivant : à Gethsémani et sur le Golgotha. Et, pendant l'audition de la *Passion selon saint Matthieu* de Bach, la souffrance obscure, puissante et éclatante de ce monde mystérieux me submergea d'un flot de frissons mystiques. Aujourd'hui encore, je trouve dans cette musique et dans l'*Actus tragicus* l'expression de tout art et de toute poésie.

A la fin de la leçon, Demian me dit d'un air pensif :

« Il y a là, Sinclair, un aspect qui me déplaît. Relis l'histoire et goûte-la sur la pointe de la langue ; il y a là quelque chose de fade : le passage qui concerne les deux larrons. Elle est sublime cette évocation des trois croix qui se dressent côte à côte sur la colline ! Mais voici qu'arrive ce récit sentimental, cette petite histoire de brochure pieuse qu'est la scène avec le bon larron ! Il a été un criminel ; il a commis Dieu sait quelles actions monstrueuses, et maintenant, il larmoie sur ses péchés et manifeste un repentir pleurard. Quelle valeur peut avoir, à deux pas de la tombe, un tel repentir, je te prie ? Mais ce n'est là qu'une histoire, inventée par les prêtres, douceâtre et malhonnête, onctueuse, attendrissante avec un arrière-fond édifiant. Si, aujourd'hui, tu avais à choisir un ami parmi ces deux larrons, auquel des deux accorderais-tu plutôt ta confiance ? Certes, non à ce converti pleurnichard, mais à l'autre. C'est là un type ! Il fait preuve de caractère. Il se moque d'une conversion, qui, vu sa situation, ne serait que belles phrases et, au dernier moment, il ne renonce pas lâchement au Diable qui a dû l'aider jusqu'à ce moment-là. C'est un caractère, et dans la Bible, les gens de caractère ne trouvent guère leur compte. Peut-être aussi était-il un descendant de Caïn. Qu'en penses-tu ? »

J'étais fortement troublé. J'avais cru interpréter de façon tout à fait personnelle cette histoire de la Passion et je constatais combien, au contraire, j'avais fait preuve de peu d'originalité, de peu d'imagination et de fantaisie. Cependant, la pensée hardie de Demian menaçait de renverser fatalement des idées auxquelles je croyais devoir rester attaché. Non, on ne pouvait en user ainsi avec tout et rien et pas davantage avec ce qu'il y avait de plus sacré !

Il remarqua aussitôt ma résistance, avant même que j'eusse prononcé une parole.

« Je sais, dit-il d'un ton résigné, c'est la vieille histoire. Ne dramatisons pas : mais je tiens à ajouter qu'ici se montre nettement l'un des points faibles de cette religion. Ce Dieu, celui du Nouveau comme de l'Ancien Testament, est sans doute une figure très haute et très belle, mais il n'est pas tout ce qu'il devrait être. Il est le Bien, le Beau, le Père céleste, l'Amour, rien de plus vrai ! Mais l'univers n'est pas fait de cela seulement ; or, le reste on l'attribue tout simplement au Diable, et ainsi, l'on escamote et passe sous silence toute cette seconde moitié du monde. On adore en Dieu le Père de toute vie et, d'autre part, l'on tait purement et simplement la vie sexuelle sur laquelle repose pourtant l'existence elle-même, et on déclare qu'elle est péché et œuvre du Diable. Que l'on vénère ce Dieu Jéhovah, je n'y vois aucune objection. Mais il me semble que nous devrions vénérer tout ce qui existe et considérer comme sacré l'univers tout entier, pas seulement cette moitié officielle, artificiellement détachée du tout. Aussi, devrions-nous, outre le culte de Dieu, célébrer le culte du Diable, ou plutôt, l'on devrait avoir un Dieu qui contînt le Diable en lui, et devant lequel l'on n'eût pas à fermer les yeux quand se passent les choses les plus naturelles du monde. »

Contrairement à son habitude, il s'était exprimé avec une sorte de violence, mais, aussitôt, il se remit à sourire et n'insista pas.

Mais ces paroles avaient atteint l'énigme même de mes années d'adolescence, cette énigme que je portais continuellement en moi, et dont je n'avais jamais dit mot à personne. Ce que Demian venait de me dire sur Dieu et sur le Diable, sur le monde divin officiel et sur le monde satanique passé sous silence, concordait avec ma propre pensée, mon propre mythe, l'idée des deux mondes, c'est-à-dire des deux moitiés du monde : la moitié lumineuse et la moitié sombre. L'idée que mon problème était un problème de tous les hommes, de toute vie et de toute pensée m'envahit tout à coup comme une ombre sacrée, et un sentiment d'angoisse et de respect me pénétra lorsque je vis et sentis que ma vie la plus intime, ma pensée la plus secrète puisaient au fleuve éternel des grandes idées. Cette révélation était plutôt mélancolique, bien qu'elle confirmât mon expérience personnelle et, par là, m'apportât un certain réconfort. Elle avait un arrière-goût âpre, car elle était accompagnée d'un sentiment nouveau de responsabilité et annonçait la fin de l'enfance et la solitude intérieure.

Pour la première fois de ma vie, je dévoilai — à mon camarade — un secret aussi profond : la découverte des deux mondes qui datait de ma première enfance, et, aussitôt, Demian se rendit compte que mes sentiments secrets s'harmonisaient avec les siens et les justifiaient, mais il eût été contraire à son habitude d'exploiter une pareille confession. Il m'écouta avec l'attention la plus profonde qu'il m'eût jamais accordée et me fixa dans les yeux jusqu'à ce que je dusse détourner mon regard, car dans le sien je voyais de nouveau cette absence d'âge étrange, animale, qui le mettait hors du temps.

« Nous en reparlerons, dit-il, voulant me ménager. Je vois que tu penses davantage que tu ne peux l'exprimer. S'il en est ainsi, sache que tu n'as pas entièrement vécu ce que tu a pensé, et cela n'est pas bien. Seule la pensée que nous vivons a une valeur. Tu as appris que ton monde « permis » n'est qu'une moitié du monde et, comme les prêtres et les maîtres, tu as essayé de supprimer cette seconde moitié. Mais tu n'y parviendras pas ; nul n'y parvient, une fois qu'il a commencé à penser. »

Ces paroles me bouleversèrent.

« Mais, criai-je presque, il y a pourtant des actions vraiment défendues et laides. Cela, tu ne peux le nier. Et elles nous sont interdites et nous devons y renoncer. Je sais que des meurtres et toutes sortes de crimes sont commis tous les jours dans le monde, mais, parce qu'il en est ainsi, dois-je devenir un criminel ?

— Nous n'arriverons pas aujourd'hui à épuiser ce sujet, dit Max d'un ton conciliant. Certes, tu ne dois pas tuer, ou violer des jeunes filles, non ! Mais tu n'es pas encore parvenu au degré où l'on peut distinguer ce qui est « permis » de ce qui est « défendu ». Tu as pressenti une petite partie de la vérité ; l'autre te sera révélée aussi, tu peux en être certain. Par exemple, depuis une année, il y a en toi un instinct qui est plus fort que tous les autres et qui passe pour « défendu ». Les Grecs et beaucoup d'autres peuples ont, au contraire, fait une divinité de cet instinct et ont célébré son culte. Ce qui est « défendu » n'est donc pas éternel et immuable. Aujourd'hui, chacun peut coucher avec une femme aussitôt après s'être présenté avec elle devant le pasteur et l'avoir épousée. Chez d'autres peuples, cela est différent aujourd'hui encore. Aussi, c'est à chacun de rechercher ce qui lui est « permis » et ce qui lui est « défendu », défendu en propre. On peut ne jamais rien faire de défendu et, cependant, être un grand coquin, et le contraire est possible également. En somme, ce n'est là qu'une question de commodité. Celui qui aime trop sa propre commodité pour penser par lui-même et pour devenir son propre juge se résigne à se plier aux interdictions telles qu'elles sont établies. Cela lui est facile. D'autres se soumettent à des ordres intérieurs. Il est des choses que chaque honnête homme accomplit quotidiennement et qui leur sont défendues, et, par contre, d'autres leur sont permises qui sont défendues à la plupart des hommes. Chacun doit répondre de soi-même. »

Tout à coup, il sembla regretter d'en avoir dit autant et s'interrompit. A cette époque-là, je pressentais déjà ce qu'il éprouvait alors. Bien qu'il exposât ses idées avec élégance et avec une superficialité apparente, il n'était rien qu'il souffrît moins au monde qu'un entretien « pour le seul plaisir de parler », comme il l'avait dit une fois. Mais il avait remarqué chez moi, à côté d'un intérêt réel, trop d'enfantillage, un goût trop vif pour une causerie de grande personne, bref un manque de sérieux véritable...

En relisant le dernier mot que j'ai écrit : « sérieux véritable », une autre scène me revient à l'esprit, la plus impressionnante à laquelle j'aie assisté, à cette époque à moitié enfantine encore de mon amitié avec Max Demian.

La confirmation était proche, et les dernières leçons de l'enseignement religieux traitaient de la communion. Le pasteur attachait une grande importance à ce sujet, et il se donnait beaucoup de peine. Ces dernières leçons avaient un caractère quelque peu solennel. Mais, en ce temps-là, mes pensées n'étaient attachées qu'à la personne de mon ami. Tandis qu'approchait la cérémonie de la confirmation, qui nous était expliquée comme notre accueil solennel dans la communauté de l'Eglise, je ne pouvais m'empêcher de penser que, pour moi, la valeur de ce semestre d'enseignement religieux résidait non dans ce qui nous avait été appris, mais dans le contact et l'influence de Demian. Ce n'était pas dans l'Eglise que j'étais prêt à être accueilli, mais dans quelque chose de tout à fait différent ; dans un ordre de la pensée et de la personnalité, qui devait exister quelque part sur terre, et dont le représentant ou le messager était mon ami.

Je cherchais à refouler ces pensées ; malgré tout j'avais à cœur de célébrer dignement la fête de la confirmation, mais elle ne semblait guère conciliable avec mes nouvelles idées. En dépit de ma bonne volonté, ces idées subsistaient et, peu à peu, elles se fondirent malgré tout avec la pensée de la solennité proche ; j'étais prêt à la célébrer autrement que les autres ; pour moi, elle devait signifier l'accueil dans le monde de pensées que Demian m'avait révélé.

Ce fut en ces jours-là qu'il m'arriva de nouveau de discuter vivement avec lui. C'était justement avant une leçon. Mon ami était taciturne et ne manifestait aucun plaisir à m'entendre discourir avec suffisance et en étalant une sagesse précoce.

« Nous parlons trop, dit-il, avec un sérieux inaccoutumé. Les trop sages discours n'ont aucune sorte de valeur, aucune. En discourant ainsi, l'on ne parvient qu'à s'éloigner de soi-même. Or, s'éloigner de soi-même est un péché. L'on doit pouvoir se retirer en soi, comme une tortue dans sa carapace. »

Peu après, nous franchîmes le seuil de la salle d'école. La leçon commença. Je m'efforçai d'y consacrer toute mon attention, et Demian ne me dérangea pas. Au bout d'un moment, une sensation inhabituelle de vide et de froid me pénétra, du côté où il était assis ; comme si sa place se fût vidée à l'improviste. Ce sentiment commençant à devenir angoissant, je tournai la tête.

Alors, je vis mon ami, assis, très droit comme d'habitude. Mais il n'était plus le même. Quelque chose qui m'était inconnu émanait de lui et l'isolait. Je crus d'abord qu'il avait les yeux fermés, mais je constatai ensuite qu'ils étaient ouverts. Mais ils ne regardaient pas, ils ne voyaient pas. Ils étaient fixes. Le regard était dirigé vers le dedans ou sur un point extrêmement lointain. Demian était complètement immobile ; il ne paraissait même pas respirer. Sa bouche semblait sculptée dans le bois ou la pierre. Son visage était pâle, uniformément pâle comme pierre et ses cheveux bruns étaient ce qu'il y avait de plus vivant. Ses mains étaient étalées devant lui sur le pupitre, immobiles et sans vie, comme des objets, des pierres ou des fruits, non pas molles, mais semblables à de fermes enveloppes dissimulant une vie forte et profonde.

Ce spectacle me fit trembler. Il est mort, pensai-je, et je prononçai ces mots presque à haute voix. Mais je savais qu'il n'était pas mort. Mon regard restait fixé sur son visage, sur son masque pâle, son masque de pierre, et je sentis que c'était là le vrai Demian. Celui qui se promenait avec moi, qui jouait un rôle temporaire, qui daignait s'adapter à notre vie quotidienne, qui par complaisance, voulait bien s'entretenir avec moi, n'était pas le vrai Demian. Le véritable Demian était celui que je contemplais en ce moment : de pierre, antique, animal, beau et froid, pétrifié, inanimé et secrètement plein d'une vie mystérieuse. Et, tout autour de lui, ce vide silencieux, cet éther, cet espace sidéral, cette mort solitaire.

Maintenant, il est complètement retiré en lui-même, pensai-je en frissonnant. Jamais je n'avais éprouvé pareille sensation d'isolement. Je n'avais plus aucun contact avec lui. Il m'était inaccessible ; il était plus loin de moi que s'il eût été dans l'île la plus lointaine du monde.

Je ne pouvais comprendre que je fusse le seul à m'en apercevoir. Tous auraient dû voir ; tous auraient dû frissonner ! Mais personne ne prêtait attention à lui. Il était assis, aussi immobile qu'une statue, raide comme une idole. Une mouche se posa sur son front, se promena le long de son nez et de ses lèvres. Pas un muscle de son visage ne bougea.

Où donc était-il en ce moment ? A quoi pensait-il ? Qu'éprouvait-il ? Etait-il dans quelque ciel ou bien dans quelque enfer ?

Je ne pus le questionner. Lorsque, à la fin de la leçon, je le vis de nouveau vivre et respirer, lorsque son regard rencontra le mien, il était comme à l'ordinaire. Où avait-il été ? Il semblait las. Son visage avait perdu sa pâleur ; ses mains se mouvaient de nouveau, mais ses cheveux bruns étaient sans éclat, maintenant.

Les jours suivants, dans ma chambre à coucher, je me livrai à un nouvel exercice : je m'asseyais bien droit sur une chaise, rendais mon regard fixe, me tenais parfaitement immobile, pour voir combien de temps je résisterais et ce que j'allais éprouver. Mais je ne parvins qu'à me fatiguer et à avoir une violente démangeaison dans les paupières.

Peu après vint la cérémonie de la confirmation dont je n'ai gardé aucune impression durable.

Et alors, tout se métamorphosa. Autour de moi mon enfance s'écroulait. Mes parents me regardaient avec un certain embarras. Mes sœurs m'étaient devenues complètement étrangères. Un désenchantement faussait et affadissait les impressions et les joies habituelles. Le jardin était sans parfum ; la forêt dépourvue d'attrait. Le monde n'était qu'un ramassis de vieilleries insipides et sans charme. Les livres n'étaient que du papier, la musique du bruit. C'est ainsi qu'un arbre, en automne, ne sent pas tomber son feuillage, ni couler la pluie le long de son tronc et de ses branches, ni le soleil ni le gel. La vie se retire lentement tout au cœur de lui-même, s'y ramasse, s'y condense. Il ne meurt pas ; il attend.

Il avait été décidé que, après les vacances, j'irais dans une autre école et que, pour la première fois, je quitterais la maison. Parfois, ma mère s'approchait de moi avec une tendresse particulière, comme si, d'avance, elle eût voulu prendre congé de moi, comme si elle eût voulu s'efforcer de graver dans mon cœur à tout jamais l'amour, le regret du foyer que j'allais quitter. Demian était parti en voyage. J'étais seul.

BÉATRICE

Sans avoir revu mon ami, je partis, à la fin des vacances, pour St... Mes parents firent le voyage avec moi et me remirent, avec toute la sollicitude possible, aux bons soins d'un maître du gymnase qui tenait une pension de garçons. Ils eussent été glacés d'épouvante s'ils avaient pu deviner quelle voie ils me laissaient prendre.

Il s'agissait toujours de savoir si, avec le temps, je deviendrais un bon fils et un citoyen utile, ou si ma nature me contraindrait à prendre d'autres chemins. Ma dernière tentative de vivre heureux, à l'ombre et dans l'esprit du foyer paternel, avait duré longtemps ; par moments, elle avait semblé couronnée de succès et, finalement, elle avait complètement échoué.

L'impression particulière de vide et d'isolement que, pour la première fois de ma vie, j'éprouvai au cours des vacances qui suivirent la confirmation (combien souvent encore j'eus à supporter cette

101

sensation de vide, d'air raréfié !) ne disparut pas rapidement. Mon départ de la maison paternelle me fut singulièrement facile. J'étais même confus de n'être pas plus mélancolique. Alors que mes sœurs pleuraient abondamment, je ne pus verser une seule larme. J'en étais étonné moi-même, car j'avais toujours été un enfant sensible et, au fond, un assez bon enfant. Maintenant, j'étais complètement métamorphosé. Le monde extérieur me laissait tout à fait indifférent et, pendant des jours entiers, je n'étais occupé qu'à écouter tout au fond de moi-même la rumeur des torrents défendus qui bruissaient en moi. J'avais grandi très rapidement ces six derniers mois ; j'étais long comme une perche, maigre et gauche. Le charme de l'enfance avait complètement disparu chez moi. Je sentais que l'on ne pouvait m'aimer tel que j'étais, et me détestais moi-même. Souvent, j'avais la nostalgie de Demian, mais souvent aussi, il m'arrivait de le haïr et de le rendre responsable de l'appauvrissement de ma vie intérieure, que je supportais comme une vilaine maladie.

Au début, je ne fus guère aimé et l'on fit peu de cas de moi dans notre internat. On me railla d'abord, puis on me laissa de côté. Je fus considéré comme un sournois et un original peu agréable. Ce rôle me plut. Je l'exagérai encore et me réfugiai dans une solitude boudeuse qui, extérieurement, pouvait être prise pour un mâle mépris du monde, tandis que, au fond, j'étais sujet à des accès de mélancolie et de désespoir qui me rongeaient. A l'école, je dus remâcher les connaissances déjà acquises, car la classe où j'avais été placé était un peu inférieure à ma classe précédente ; aussi m'habituai-je à considérer mes compagnons avec quelque mépris, comme des enfants.

Une année et plus s'écoula ainsi. Mes premières vacances à la maison ne m'apportèrent rien de nouveau. Je repartis volontiers.

C'était au commencement de novembre. J'avais pris l'habitude de faire, par n'importe quel temps, de petites promenades méditatives au cours desquelles je jouissais d'une sorte de volupté mélancolique, faite de mépris du monde et de moi-même. Un soir, je flânais ainsi, par un crépuscule humide, dans les environs de la ville. La large avenue complètement déserte d'un jardin public m'attira. Le chemin était couvert de feuilles tombées qui exhalaient une odeur humide et amère, et que je foulais avec une sombre volupté. Les arbres éloignés se dressaient, immenses, tels des fantômes, dans le brouillard.

Une fois arrivé à l'extrémité de l'allée, je m'arrêtai, incertain. Je regardai fixement le sombre feuillage et aspirai avec avidité le parfum mouillé, parfum de décomposition et de mort qui répondait à quelque chose de semblable en moi. Oh ! quel goût fade avait la vie !

D'une allée latérale sortit un homme ; son manteau à collet flottait autour de lui. Je voulus poursuivre mon chemin. Alors, il m'appela.

« Hé, Sinclair ! »

Il me rejoignit. C'était Alphonse Beck, le plus âgé de la pension. Je le voyais toujours avec plaisir et n'avais à lui reprocher que l'attitude de protection ironique qu'il avait adoptée à mon égard, comme avec les plus jeunes. On le disait fort comme un ours ; censé tenir le maître de la pension, il était le héros d'un grand nombre de bruits qui circulaient.

« Que fais-tu ici ? me cria-t-il, du ton que prenaient les grands quand ils condescendaient à nous parler. Parions que tu fais des vers !

— Jamais de la vie ! » répliquai-je brusquement.

Il éclata de rire et se mit à marcher à mes côtés, en bavardant, ce à quoi je n'étais plus du tout habitué.

« Il ne faut pas avoir peur, Sinclair, que je ne comprenne pas cela. Quand on se promène ainsi le soir, dans le brouillard, avec des pensées automnales, on fait volontiers des vers, je le comprends, des vers qui chantent la mort de la nature, cela va sans dire, et où il est question d'une jeunesse finie qui lui est comparable. Ainsi Henri Heine...

— Je ne suis pas aussi sentimental, répondis-je.

— Bon, laissons cela. Par ce temps, il me semble agréable de se rendre dans un endroit tranquille où l'on peut boire un verre de vin ou d'autre chose. Veux-tu venir avec moi ? Je suis justement tout seul. A moins que tu n'y tiennes pas... Je ne voudrais pas être ton séducteur, mon cher, si tu tiens à rester un garçon modèle. »

Quelques instants plus tard, assis dans un cabaret de faubourg, nous buvions un vin douteux et trinquions en choquant nos verres épais. Au début, cela ne me plut guère ; enfin c'était là du nouveau. Mais bientôt, n'ayant pas l'habitude de boire, je devins passablement bavard. J'avais l'impression qu'une porte venait de s'ouvrir en moi, par laquelle pénétrait le monde extérieur. Il y avait si longtemps, si longtemps que je n'avais déchargé mon cœur ! Je me laissai aller à ma fantaisie et, au cours de la conversation, je racontai sur un ton de plaisanterie l'histoire de Caïn et Abel.

Beck m'écoutait avec plaisir. J'avais trouvé enfin quelqu'un à qui je pouvais donner quelque chose ! Il me frappa sur l'épaule ; il m'appela un damné gaillard. Mon cœur se gonfla de volupté : pouvoir donner libre cours au désir refoulé depuis longtemps de m'épancher, de m'exprimer, d'être apprécié par un plus grand que moi, de passer pour quelqu'un à ses yeux ! Lorsqu'il me traita de géniale charogne, ces paroles agirent sur moi comme un vin doux et fort. Le monde brillait de nouvelles couleurs. De mille sources, des pensées hardies jaillissaient. Le feu et l'esprit pétillaient en moi. Nous parlâmes de nos maîtres et de nos camarades, et il me sembla que sur ce chapitre nous nous entendions à merveille. Nous parlâmes des Grecs et du paganisme et, à tout prix, Beck voulut m'amener à lui faire des confidences amoureuses. Mais je n'avais rien vécu, donc rien à raconter. Ce que j'avais senti, édifié, imaginé, bouillonnait en moi, mais ne pouvait être exprimé et communiqué, même sous l'influence du vin. Beck en savait beaucoup plus que moi sur les jeunes filles et, fasciné, j'écoutai ces contes. J'appris que ce qui pouvait paraître incroyable et impossible, se réalisait dans la vie quotidienne et semblait être tout naturel. Alphonse Beck, qui était peut-être âgé de dix-huit ans, avait déjà collecté des expériences, entre autres celle que les jeunes filles ne veulent entendre parler que de galanteries et de compliments. Cela était fort joli, mais, en amour, ce n'étais pas tout. Il y avait plus de succès à espérer auprès des femmes. Les femmes étaient beaucoup plus intelligentes. Ainsi, Mme Jaggelt, qui vendait des cahiers d'école et des crayons. Ce qui s'était passé derrière son comptoir, le plus gros livre ne pourrait le raconter !

J'écoutais, comme ensorcelé. Il me semblait que je n'aurais guère pu aimer Mme Jaggelt. Mais qu'importe ! C'était extraordinaire ! Des sources jaillissaient, du moins, pour les grands, dont je n'avais eu aucune idée. Cependant, il y avait une fausse note dans tout cela. Je m'étais formé de l'amour une image moins quotidienne, plus idéale ; mais ce que racontait Beck, c'était la réalité, c'était la vie et l'aventure. Celui qui était assis à mes côtés avait vécu ces expériences et les trouvait toutes naturelles.

Le ton de notre conversation avait quelque peu baissé. Je n'étais plus le gamin génial ; j'étais tout simplement un jeune garçon qui écoutait un homme. Mais, comparé à ce qu'avait été ma vie depuis des mois et des mois, c'était délicieux, c'était paradisiaque ! Et puis — peu à peu je m'en rendis compte — tout cela était défendu, tout ce qu'il y avait de plus défendu, le fait d'être assis au cabaret, comme nos sujets de conversation. Mais c'était cet esprit révolutionnaire que je goûtais le plus.

Je me souviens encore de cette nuit avec une grande netteté. Lorsque, très tard, nous rentrâmes tous deux, à la lueur trouble des becs de gaz, dans la nuit froide et humide, j'étais ivre pour la première fois. C'était là un état extrêmement répugnant et pénible, et cependant, il avait un attrait, une douceur. Il était rébellion et orgie, vie et esprit ! Beck m'assista bravement, tout en me traitant amèrement de misérable débutant, et, moitié en me portant, il me ramena à la maison où nous parvînmes tous deux à nous glisser par une fenêtre ouverte.

Mais quand, après un court sommeil, je me réveillai, très souffrant, une peine immense m'envahit. J'étais assis sur mon lit, ayant encore sur moi ma chemise de jour. Mes vêtements et mes souliers étaient jetés çà et là sur le plancher et empestaient le tabac et les aliments vomis. La tête me faisait mal et j'étais dévoré d'une soif ardente. C'est alors qu'une image, disparue depuis longtemps, se montra à nouveau. Je revis ma ville natale, la maison de mes parents, mon père et ma mère, mes sœurs et le jardin. Je vis ma petite chambre tranquille, l'école et la place du marché. Je vis Demian et me rappelai les jours précédant la confirmation. Tout cela brillait d'un éclat merveilleux, divin et pur et je m'en rendais compte maintenant, cela m'avait appartenu, hier encore, il y avait quelques heures seulement, attendant que j'y revinsse. Et, en cet instant même, subitement, ce monde venait de s'engloutir, comme frappé d'une malédiction. Il ne m'appartenait plus ; il me repoussait avec dégoût. Tous les plus chers, les plus intimes souvenirs des lointains jardins dorés de mon enfance : les baisers de ma mère, les fêtes de Noël, les pieuses et sereines matinées du dimanche, les fleurs du jardin, tout ce passé, je venais de le fouler aux pieds, de le détruire. Si des archers étaient venus et m'avaient lié les mains pour me conduire à la potence, comme un infâme sacrilège, je les aurais suivis volontiers ; j'aurais trouvé le châtiment juste et mérité.

C'est donc ainsi que j'étais intérieurement, moi qui méprisais les autres, qui étais si fier de ma personnalité, qui pensais comprendre les pensées de Demian ! C'est donc là ce que j'étais devenu, un être souillé, un ivrogne dégoûtant et grossier, une vraie bête, dominée par des instincts immondes ! C'est ainsi que j'étais maintenant, moi qui venais de ces jardins où tout était lumière, tendresse et pureté, moi qui avais aimé la musique de Bach et les beaux poèmes ! J'entendais encore, avec dégoût et révolte, mon propre rire, un rire d'ivrogne, saccadé, stupide. Voilà ce que j'étais maintenant !

Cependant, je goûtais une sorte de volupté à vivre ces tourments. Pendant si longtemps, j'avais rampé, muet et aveugle ; pendant si longtemps, mon pauvre cœur avait été contraint au silence et à la solitude, que ces propres accusations, ce sentiment de dégoût et de terreur ne pouvaient qu'être les bienvenus. C'était là sentir ; c'était là vivre ! Au sein de ma misère, j'éprouvais, à ma confusion, je ne sais quelle sensation de délivrance, de printemps.

Et je commençai, du moins extérieurement, à descendre rapidement la pente. La première ivresse fut suivie d'autres. Beaucoup d'élèves de notre école chopinaient et faisaient des leurs. J'étais l'un des plus jeunes parmi les participants, et je ne fus bientôt plus considéré comme un petit, que l'on daignait supporter, mais comme un entraîneur, un astre, un fameux et hardi pilier de cabaret. J'appartenais de nouveau au monde sombre, au Diable, et, dans ce monde-là, je passais pour un fameux type.

Cependant, j'étais profondément misérable. Ma vie s'écoulait dans des orgies destructrices, mais, tandis qu'aux yeux de mes camarades je passais pour un chef et un damné type, pour un gaillard diablement mordant et spirituel, tout au fond de moi-même s'agitait une âme angoissée et désolée. Je me rappelle qu'un matin de dimanche, en sortant du cabaret, les larmes me vinrent aux yeux en voyant dans la rue des enfants jouer, joyeux, avec des cheveux bien peignés et en habits de fête. Et, tandis qu'assis entre des flaques de bière, à des tables malpropres d'auberges médiocres, j'égayais et souvent effrayais mes camarades par un langage d'un cynisme sans frein, au plus profond de mon cœur, j'éprouvais le respect de tout ce que je raillais et, intérieurement, je me mettais à genoux devant mon âme, devant mon passé, devant ma mère et devant Dieu.

Le fait que jamais je ne devins complètement intime avec mes camarades, que je demeurai solitaire parmi eux, n'était pas sans cause. J'étais un pilier de cabaret, un railleur qui plaisait aux plus grossiers ; je faisais preuve d'esprit et d'une grande hardiesse dans mes pensées et mes discours sur les maîtres, les parents, l'école et l'Eglise. J'écoutais sans broncher les pires obscénités et me risquais même à en prononcer ; mais jamais je n'accompagnais mes camarades chez des filles. J'étais solitaire, plein d'une nostalgie brûlante et sans espoir à l'égard de l'amour, alors que, d'après mes paroles, j'aurais dû être un viveur invétéré. Personne n'était plus susceptible, personne plus pudique que moi. Et quand je voyais des jeunes filles de la bourgeoisie marcher devant moi, jolies et coquettement mises, pleines de gaieté et de grâce, elles me paraissaient des figures de rêve, merveilleuses et pures, beaucoup trop pures pour moi. Pendant quelque temps, il me fut impossible de retourner dans la boutique de papeterie de Mme Jaggelt, car je rougissais en la regardant et en pensant à ce qu'Alphonse Beck m'avait raconté à son propos.

Plus je me sentais solitaire et différent dans ma nouvelle compagnie, plus j'avais de peine à m'en détacher. Je ne me souviens vraiment plus si au fond je tenais à ces beuveries et à ma triste renommée ; d'ailleurs, jamais je ne parvins à m'habituer à la boisson. J'en éprouvais chaque fois les effets pénibles. C'était comme une contrainte. Je menais cette vie parce que je ne savais vraiment que faire de moi. J'avais peur d'une solitude prolongée ; j'avais peur des mille accès de tendresse, de pudeur auxquels j'étais enclin ; j'avais peur des tendres pensées d'amour qui me venaient si souvent.

Ce qui me manquait le plus, c'était un ami. Il y avait deux ou trois élèves pour lesquels j'éprouvais de la sympathie, mais ils appartenaient à l'élément exemplaire, et mes fautes n'étaient un mystère pour personne. Aussi m'évitaient-ils. Aux yeux de tous, je passais pour un joueur désespéré sous les pieds duquel le sol tremblait. Les maîtres en savaient beaucoup sur mon compte. Plus d'une fois, je fus puni sévèrement. Mon renvoi définitif de l'école était imminent et je n'étais pas sans le savoir. Depuis longtemps, je n'étais plus un bon

110

élève. Je me traînais péniblement en avant, avec le sentiment que cette situation ne pouvait se prolonger indéfiniment.

Il est bien des voies par lesquelles Dieu nous guide vers la solitude et vers le chemin qui conduit à nous-mêmes. Ce chemin, il le parcourait alors avec moi. C'était comme un mauvais rêve. Par-delà les verres à bière brisés, la boue, la viscosité, les nuits de bavardages cyniques, je me vois ramper sans repos et tourmenté, rêveur exilé, le long d'une route laide, sale. Il est des rêves dans lesquels, en chemin vers une princesse, on reste embourbé dans des mares fangeuses, dans des ruelles pleines d'ordures puantes. C'est de cette façon répugnante qu'il me fut réservé d'apprendre à trouver le chemin de la solitude et à dresser, entre moi et mon enfance, une porte d'Eden, close à jamais, gardée par des sentinelles éblouissantes, inexorables. C'était un commencement, un réveil de la nostalgie de moi-même.

J'avais été très effrayé et j'avais eu de fortes palpitations lorsque, la première fois, alarmé par les lettres du principal, mon père était accouru à St... et, à l'improviste, s'était présenté devant moi. Mais quand vers la fin de l'hiver, arriva la seconde fois, j'étais déjà endurci et indifférent. Je le laissai gronder ; je le laissai supplier ; je le laissai évoquer le souvenir de ma mère. A la fin, il était hors de lui et me déclara que, si je ne changeais pas de conduite, il me ferait chasser scandaleusement de l'école et m'enverrait dans une maison de correction. « Eh bien, qu'il le fasse ! » me dis-je. Lorsqu'il partit, il me peina ; mais il n'avait rien obtenu ; il n'avait pas su trouver le chemin de mon cœur, et, pendant un instant, je pensai qu'il n'avait que ce qu'il méritait.

Ce qu'il adviendrait de moi m'était complètement indifférent. D'une façon particulière et peu élégante, j'étais entré en conflit avec le monde. C'était là ma forme de protestation. Je savais qu'ainsi je ruinais mon existence et parfois je considérais la situation de la façon suivante : si le monde ne pouvait utiliser des êtres tels que moi, s'il ne pouvait leur offrir de meilleure place, de tâche plus élevée, eh bien ! les hommes tels que moi ne pouvaient que se perdre. Tant pis pour le monde !

Les vacances de Noël de cette année-là furent très pénibles. Ma mère fut effrayée en me voyant. J'avais grandi encore et mon visage était pâle, maigre et ravagé, avec des traits tombants et des paupières enflammées. Ma moustache naissante et les lunettes que je portais depuis peu me rendaient encore plus étranger à ses yeux. Mes sœurs m'évitaient et riaient en cachette. Tout était désagréable et pénible. Pénible et amère fut la conversation que j'eus avec mon père dans son cabinet de travail, pénibles les salutations aux quelques parents, et pénible par-dessus tout la veillée de Noël. Depuis que je vivais, c'était dans notre maison le grand jour, la veillée solennelle de l'amour, de la reconnaissance, du renouvellement de l'alliance entre mes parents et moi. Cette fois-ci, tout était oppressant et embarrassant. Comme de coutume, mon père lut l'évangile des bergers « qui dans la même contrée faisaient paître leurs troupeaux ». Comme de coutume, mes sœurs contemplaient, rayonnantes, leur table couverte de cadeaux. Mais la voix de mon père était sans joie. Il avait l'air vieux et abattu. Ma mère était triste aussi, et tout m'était également pénible et désagréable, les cadeaux et les souhaits de bonheur, l'évangile et l'arbre de Noël. Les pains d'épice sentaient bon et évoquaient de doux souvenirs. Le sapin embaumait et parlait de choses qui n'étaient plus. J'avais hâte de voir arriver la fin de la soirée et des jours de fête.

L'hiver entier s'écoula de la sorte. Je venais d'être averti sévèrement par le conseil de l'école et menacé d'une expulsion. Cela ne pouvait plus durer longtemps ; eh bien, soit !

Je nourrissais une rancune spéciale à l'égard de Max Demian. Durant toute cette période, je ne l'avais plus revu. Au début de mon année scolaire à St... je lui avais écrit deux fois, mais je n'avais reçu aucune réponse. Aussi, pendant les vacances, n'avais-je pas été le voir.

Dans le même parc où, en automne, j'avais rencontré Alphonse Beck, il m'arriva, au début du printemps, alors que les haies commençaient à reverdir, de remarquer une jeune fille. J'étais allé me promener seul, plein de pensées pénibles et de soucis, car ma santé était devenue mauvaise et j'étais en outre continuellement en proie à des embarras d'argent. Je devais diverses sommes à plusieurs de mes camarades. J'avais prétexté des dépenses nécessaires pour recevoir encore quelque chose de la maison et, dans certains magasins, j'avais laissé enfler des notes de cigares et d'achats du même genre. Ce n'était pas que ces soucis fussent très cuisants, — mon séjour ici devant bientôt prendre fin, — comme j'étais destiné soit à me jeter à l'eau, soit à aller dans une maison de correction, ces bagatelles ne pouvaient guère me toucher. Mais, quotidiennement, je vivais face à face avec de telles réalités et j'en souffrais.

Ce jour de printemps, je rencontrai dans le parc une jeune femme qui me fascina. Elle était grande et svelte, élégamment vêtue et avait un visage de jeune garçon intelligent. Elle me plut aussitôt ; elle appartenait au type que j'aimais, aussi commença-t-elle à occuper mon imagination. Elle était à peine plus âgée que moi, mais beaucoup plus développée, élégante et bien faite, presque dame déjà, mais avec quelque chose de hardi et de juvénile qui me plaisait beaucoup.

Jamais je n'avais réussi à aborder une jeune fille dont j'étais amoureux et, cette fois-ci non plus, je n'y réussis pas. Mais l'impression qu'elle fit sur moi fut plus profonde que les impressions antérieures, et l'influence de cet amour sur ma vie fut puissante.

J'avais de nouveau une image idéale à vénérer, et, hélas ! aucun désir, aucun besoin n'était plus fort en moi que le souhait de vénérer et d'adorer. Je lui donnai le nom de Béatrice, car, sans avoir lu Dante, j'avais vu un tableau anglais qui la représentait et dont j'avais gardé la reproduction. Là, c'était une figure préraphaélique, mince, avec de longs membres, une tête fine et allongée et des mains et des traits spiritualisés. Ma belle jeune fille ne lui ressemblait pas tout à fait, bien qu'elle eût aussi la silhouette gracile de jeune adolescent que j'aimais et quelque chose de l'expression spiritualisée du visage.

Jamais je n'ai échangé un seul mot avec Béatrice. Cependant, à cette époque, elle exerça sur moi la plus profonde influence. Elle dressa son image devant moi. Elle m'ouvrit un sanctuaire. Elle fit de moi son prêtre, son adorateur.. Du jour au lendemain, je ne retournai plus au cabaret. Je ne pris plus part aux sorties et aux beuveries nocturnes. Je pouvais de nouveau supporter la solitude. Je lisais de nouveau volontiers. Je me promenais avec plaisir.

Cette conversion soudaine m'attira force railleries. Mais j'avais quelque chose à adorer, à aimer. J'avais de nouveau un idéal. La vie était de nouveau pleine de signification et éclairée par une aube mystérieuse. Cela me rendit insensible aux moqueries. Je me retrouvais, même si c'était seulement comme esclave et prêtre d'une image vénérée.

Je ne puis sans émotion penser à ce temps-là. Avec les débris d'un monde écroulé, je cherchai de nouveau, plein de ferveur, à édifier un « monde lumineux ». Je vécus possédé par le désir unique de me purifier de tout contact avec le monde sombre, avec le mal, et de demeurer complètement dans la lumière, agenouillé devant les dieux. Ce nouveau monde lumineux était en quelque sorte ma propre création ; ce n'était plus un retour et une soumission à la mère, un refuge sans responsabilité ; c'était un culte instauré par moi, dont j'étais le propre officiant, soumis à une discipline intérieure, responsable à l'égard de moi-même. La sexualité dont je souffrais et que constamment, je m'efforçais de fuir, devait être transfigurée, dans ce feu sacré, en une adoration spirituelle. Plus rien de sombre, plus rien de laid ne devait subsister. Plus de nuits passées à gémir ! Plus de battements de cœur devant des images impudiques ! Finis les arrêts devant les portes défendues ! Finis les désirs impurs ! A la place de tout cela, je dressai mon autel avec l'image de Béatrice et, en me consacrant à elle, je me consacrai à l'Esprit, aux dieux. Ce que j'arrachai aux puissances du mal, je le sacrifiai aux puissances célestes. Mon but n'était pas le plaisir, mais la pureté ; non le bonheur, mais la beauté et une vie spirituelle.

Ce culte de Béatrice transforma complètement ma vie. Hier encore, un cynique précoce, j'étais maintenant un prêtre et la sainteté était mon but. Je renonçai non seulement à la vie mauvaise à laquelle je m'étais habitué, mais je cherchai à tout transformer. Je m'efforçai d'introduire en tout la pureté, la noblesse, la dignité ; dans le boire et le manger, dans le langage et dans l'habillement. Je commençai ma journée par des lavages froids qui, au début, exigèrent de ma part un grand effort de volonté. Je me comportai avec sérieux et dignité. Je tâchai de me tenir droit. Ma démarche devint plus lente et plus digne. Aux spectateurs, cela devait paraître comique ; chez moi, il s'agissait d'un vrai culte.

Je cherchai à donner une expression à mes sentiments nouveaux par divers exercices, dont l'un acquit une grande importance. Je commençai à peindre. Je trouvai que la reproduction anglaise de Béatrice que je possédais n'était pas assez ressemblante et je voulus tenter de la peindre pour moi. Avec un sentiment de joie et d'espoir entièrement nouveau, j'apportai dans ma chambre — depuis peu j'en avais une en propre — du beau papier, des couleurs et des pinceaux, et je disposai sur la table, la palette, le verre, les godets de porcelaine et les crayons. Les fines couleurs à la détrempe que j'avais achetées me ravissaient. Parmi elles se trouvait un vert intense que je crois voir briller encore dans le petit godet de porcelaine blanche.

Je débutai avec circonspection. Peindre un visage était difficile. Aussi, je voulus commencer par d'autres thèmes. Je peignis des ornements, des fleurs et de petits paysages fantaisistes, un arbre auprès d'une chapelle, un pont romain avec des cyprès. Souvent, je m'absorbais complètement dans ce jeu ; j'étais heureux comme un enfant qui a reçu une boîte de couleurs. Enfin, je commençai à peindre Béatrice.

Quelques feuilles ratèrent complètement et furent détruites. Plus je m'efforçais de me représenter le visage de la jeune fille que, de temps en temps, je rencontrais dans la rue, moins je réussissais. Finalement, j'y renonçai et me mis à peindre en suivant ma propre imagination et en me laissant guider par le travail commencé, les couleurs et le pinceau. Un visage de rêve dont je ne fus pas mécontent en résulta. Je poursuivis aussitôt mon essai ; chaque nouvelle feuille était un peu plus nette et se rapprochait du type, quoique nullement de la réalité.

De plus en plus, je laissai aller mon pinceau ; sans modèle, des lignes étaient tracées, des surfaces remplies, toutes surgies de mon inconscient.

Enfin, un jour je terminai, presque insconsciemment, un visage qui m'apparut plus éloquent que les précédents. Ce n'était pas le visage de Béatrice ; depuis longtemps, il n'en était plus question. C'était quelque chose d'autre, d'irréel et cependant d'aussi précieux pour moi. Il ressemblait à un visage de jeune homme plutôt qu'à un visage de jeune fille. Sa chevelure n'était pas d'un blond lumineux comme celle de la belle jeune fille, mais brune avec des reflets rougeâtres ; le menton était fort et bien dessiné, la bouche d'un rouge ardent, le tout un peu raide, ayant quelque chose d'un masque, mais pénétrant et plein de vie secrète.

Lorsque je m'assis devant ma feuille terminée, j'eus une impression étrange. L'image m'apparut comme une sorte de figure de dieu ou de masque sacré, à demi masculin, à demi féminin, sans âge, volontaire et rêveur à la fois, raide et reflétant cependant une vie profonde et mystérieuse. Ce visage avait quelque chose à me dire. Il m'appartenait ; il exigeait de moi quelque chose. Il ressemblait à quelqu'un, mais j'ignorais à qui.

Pendant quelque temps, l'image accompagna toutes mes pensées et prit part à ma vie. Je la tenais cachée dans un tiroir. Je ne voulais pas qu'on pût la découvrir et en tirer prétexte à raillerie. Mais, aussitôt que j'étais seul dans ma petite chambre, je la sortais de sa cachette et m'entretenais avec elle. Le soir, je la fixais avec une épingle au-dessus de mon lit, sur la tapisserie ; je la contemplais avant de m'endormir et, le matin, j'y attachais mon premier regard.

En ce temps-là, je recommençai à beaucoup

rêver, comme cela m'arrivait constamment dans mon enfance. Il me semblait que, depuis des années, je n'avais plus fait de rêves. Maintenant, ils revenaient. C'était un nouveau genre de visions ; souvent, le visage peint y apparaissait, vivant et parlant, amical ou ennemi, parfois contracté par une grimace et parfois infiniment beau, harmonieux et noble.

Un matin, en me réveillant de rêves semblables, je le reconnus soudain. Il me regardait comme s'il m'eût connu intimement. Il semblait vouloir prononcer mon nom. Il semblait me connaître comme une mère ; il semblait lié à moi depuis toujours. Le cœur battant, je regardais la feuille, les épais cheveux bruns, la bouche à demi féminine, le front puissant, d'une sérénité singulière — qu'il avait revêtue de lui-même en séchant — et, petit à petit, je sentais s'éveiller en moi la réminiscence, la connaissance.

Je sautai du lit, me plaçai devant l'image et la regardai de très près, dans ses yeux verdâtres, fixes, grands ouverts, dont le droit était un peu plus haut que l'autre ; alors cet œil cligna légèrement, mais nettement, et je reconnus l'image.

Comment était-il possible que j'aie trouvé cela si tard ? C'était le visage de Demian.

Plus tard, je comparai souvent la feuille avec les traits véritables de Demian, comme je les retrouvais dans ma mémoire. Ce n'étaient pas du tout les mêmes, bien qu'il y eût une certaine ressemblance. Cependant, c'était Demian.

Un soir du commencement de l'été, le soleil oblique illuminait d'un rouge éclat ma fenêtre qui donnait au couchant. Dans la chambre, il commençait à faire sombre. Alors l'idée me vint de suspendre l'image de Béatrice ou de Demian à la croisée et de voir le soleil couchant briller à travers. Les lignes du visage se fondirent, mais les yeux bordés d'un cerne rougeâtre, le front lumineux et la bouche d'un rouge ardent, se détachèrent sur la feuille avec un sauvage éclat. Pendant longtemps, je demeurai assis devant l'image, même après qu'elle se fut éteinte. Et, peu à peu, j'eus l'intuition que ce n'était là ni Béatrice, ni Demian, mais moi-même. L'image ne me ressemblait pas, ne devait pas me ressembler — je le sentais — mais elle exprimait ma vie même, ma vie intérieure ; elle représentait ma destinée ou mon démon. Ainsi serait mon ami si jamais j'en retrouvais un ; ainsi serait mon amante si jamais j'en avais une. Ainsi seraient ma vie et ma mort aussi. En elle, je retrouvais le son, le rythme même de ma destinée.

Au cours de ces semaines, j'avais commencé une lecture qui avait fait sur moi une impression plus profonde que toutes les lectures faites jusqu'à ce jour. Plus tard aussi, il est peu de livres qui m'aient donné autant, sauf Nietzsche peut-être. C'était un volume de Novalis, avec des lettres et des sentences dont beaucoup m'étaient incompréhensibles, mais qui toutes cependant exerçaient sur moi un attrait infini. L'une de ces pensées me frappa alors et je l'écrivis à la plume sous l'image : « La destinée et l'âme sont les noms d'un même concept. » Cela, je l'avais compris.

Souvent encore, je rencontrai la jeune fille que j'avais nommée Béatrice. A sa vue, je n'éprouvais plus de mouvement d'adoration, mais toujours un sentiment de douce entente, de tendre pressentiment, qui pouvait se traduire ainsi : il est un lien qui m'unit, non à toi, mais à ton image. Tu es une partie de ma destinée.

Ma nostalgie de Max Demian se réveilla alors, plus forte que jamais. Depuis des années, je ne savais plus rien de lui. Une fois seulement, pendant les vacances, il m'était arrivé de le rencontrer. Je m'aperçois maintenant que, par honte et par vanité, j'ai omis de parler dans mes notes de cette brève rencontre. Il me faut réparer cette négligence.

Ainsi, une fois, alors que je flânais dans ma ville paternelle, avec le visage blasé et fatigué de ma période de pilier de cabaret, en balançant ma canne et en fixant méprisamment les visages, toujours les mêmes, des bourgeois, je fus croisé par mon ami d'autrefois. A peine le vis-je que je tressaillis et, comme un éclair, le souvenir de Frantz Kromer me revint à l'esprit. Ah ! si Demian avait pu complètement oublier cette histoire ! C'était si désagréable de se sentir son obligé, car, bien qu'il se fût agi d'une sotte histoire d'enfant, je n'en demeurais pas moins son obligé.

Il sembla attendre que je le salue, et comme je le fis en me donnant l'air le plus détaché, il me tendit la main. C'était toujours la même poignée de main si ferme, si chaude et pourtant si fraîche, virile.

Il me regarda attentivement et me dit : « Tu as grandi, Sinclair. » Lui-même n'avait pas changé. Il paraissait aussi jeune, aussi âgé qu'auparavant.

Il se joignit à moi. Nous fîmes une promenade en parlant de tout et de rien ; le passé ne fut même pas effleuré. Je me rappelai que je lui avais écrit plusieurs fois sans jamais avoir eu de réponse. Ah ! s'il pouvait avoir oublié aussi ces lettres stupides. Il ne m'en dit mot.

Il n'y avait alors dans ma vie ni image, ni Béatrice. J'étais plongé complètement dans ma vie de dissipation. Avant de rentrer en ville, je le priai de m'accompagner dans une auberge. Il me suivit. Avec un air d'importance, je commandai une bouteille de vin. Je versai, trinquai avec lui, en faisant montre de ma familiarité avec les habitudes de cabaret estudiantines, et, d'un trait, je vidai mon verre.

« Tu vas souvent à l'auberge ? me demanda-t-il.

— Ah ! oui, répondis-je nonchalamment. Que peut-on faire d'autre ? C'est après tout ce qu'il y a de plus amusant.

— Crois-tu ? Il se peut. L'ivresse, l'élément bachique, oui, cela est beau. Mais, chez la plupart des gens qui vont à l'auberge, cela a disparu. Je trouve même que la vie d'auberge a un caractère tout à fait bourgeois. Oui, une belle ivresse, une bacchanale à la lumière des torches, a de la grandeur ! Mais ces séances de cabaret, toujours les mêmes, où l'on vide chopine après chopine, que peut-on trouver là-dedans ? T'imagines-tu Faust assis, soir après soir, à une table de taverne ? »

Je bus et le regardai avec aménité.

« Tout le monde ne peut pas être Faust », dis-je sèchement.

Il me regarda avec quelque surprise, puis il se mit à rire avec la même fraîcheur qu'autrefois.

« Bah ! après tout, pourquoi discuter ? La vie d'un buveur et d'un libertin est sans doute plus vivante que celle d'un bourgeois irréprochable. Et puis — j'ai lu cela quelque part — la vie d'un

122

débauché est la meilleure préparation à la vie d'un mystique. Ce sont toujours des gens tels qu'un Augustin qui deviennent des saints. Il était aussi un viveur et un jouisseur. »

J'étais défiant et nullement disposé à avoir le dessous. Aussi dis-je d'un air blasé :

« Oui, à chacun son plaisir. A franchement parler, je ne tiens nullement à devenir un saint ou quelque chose de semblable. »

Demian lança un regard qui me transperça.

« Mon cher Sinclair, dit-il lentement, ce n'était point mon intention de te dire des propos désagréables. En somme, nous ignorons tous deux dans quel but tu bois maintenant tes chopes. Ce qui est en toi, ce qui fait ta vie, le sait déjà. Il est si bon de savoir qu'en nous réside quelqu'un qui sait tout, qui veut tout ce qui est pour notre bien et l'accomplit mieux que nous-mêmes. Mais excuse-moi, je dois rentrer. »

Nos adieux furent brefs. Je demeurai assis et vidai complètement la bouteille. J'étais de fort mauvaise humeur, et ma mauvaise humeur s'accrut encore lorsque, en voulant payer, j'appris que Demian avait réglé la note.

Mes pensées demeurèrent attachées à ce petit événement. Elles étaient pleines de Demian. Et les paroles qu'il avait prononcées dans cette auberge aux portes de la ville me revinrent à l'esprit, singulièrement fraîches et vivantes : « Il est si bon de savoir qu'en nous il est quelqu'un qui sait tout. »

Je levai les yeux vers l'image qui était suspendue à la fenêtre et qui maintenant était complètement éteinte. Mais je voyais briller ses yeux.

C'était là le regard de Demian, ou de Celui qui est en nous, Celui qui sait tout.

Combien était forte ma nostalgie de Demian ! Je ne savais plus rien de lui. Il m'était inaccessible. Je savais seulement qu'il faisait ses études quelque part et que, à la fin de sa période de gymnase, sa mère avait quitté la ville.

Je me mis à recueillir tous les souvenirs qui m'étaient restés de Demian, à partir de l'affaire avec Kromer. Comme tout ce qu'il m'avait dit alors restait significatif, actuel, et me concernait ! Et ce qu'il m'avait dit, lors de notre dernière et pénible rencontre, au sujet des débauchés et des saints, s'éclairait aussi subitement. N'en avait-il pas été ainsi de moi-même ? N'avais-je pas vécu dans l'ivresse et la boue, dans la torpeur et l'abandon jusqu'à ce qu'un nouvel instinct de vie eût réveillé en moi le contraire, le désir de pureté, la nostalgie du sacré ?

Tandis que je suivais ainsi le fil de mes souvenirs, la nuit était venue depuis longtemps. Dehors il pleuvait. Et, dans mes souvenirs aussi, j'entendis la pluie tomber et je revécus l'heure sous les marronniers, alors que Demian m'avait questionné à propos de Kromer et deviné mon premier secret. L'un après l'autre, les souvenirs surgirent : les conversations sur le chemin de l'école, les heures de la confirmation, et en dernier lieu, ma toute première rencontre avec Max Demian. De quoi avions-nous parlé alors ? Je ne m'en souvins pas tout de suite. Je m'accordai du temps ; je m'absorbai en moi-même. Et alors je m'en rappelai également. Nous étions devant la porte de notre maison. Il venait de m'exposer son opinion sur Caïn. Et il avait parlé du vieux blason effacé qui se trouvait au-dessus de notre porte, dans la clé de voûte qui s'élargissait en haut. Il avait dit que cela l'intéressait et que ces vestiges méritaient notre attention.

Dans la nuit, je rêvai de Demian et du blason. Ce dernier se transformait constamment dans les mains de Demian. Tantôt, il était petit et tout gris, tantôt immense et brillant de diverses couleurs, mais Demian m'expliquait que c'était cependant toujours le même. Finalement, il me contraignit à le manger. Je l'avalai, et, à ma grande terreur, je m'aperçus que l'oiseau de l'emblème était devenu vivant en moi, me remplissait tout entier et commençait à me ronger en dedans. En proie à une angoisse mortelle, je tressautai et m'éveillai.

Je me calmai. C'était au milieu de la nuit et j'entendis pleuvoir dans la chambre. Je me levai pour fermer la fenêtre et mis le pied sur quelque chose de clair qui traînait sur le sol. Au matin, je m'aperçus que c'était la feuille que j'avais peinte. Elle était entièrement mouillée et s'était boursouflée. Pour la sécher, je la tendis entre des feuilles de papier buvard, dans un volume épais et, le jour suivant, elle était de nouveau sèche. Mais elle s'était transformée. La bouche rouge avait pâli et était devenue plus étroite. C'était maintenant tout à fait la bouche de Demian.

Alors, sur une autre feuille, je me mis à peindre l'oiseau du blason. Je ne me rappelais plus exactement comment il était, et, de près aussi, on n'aurait pu voir grand-chose car le blason était vieux et avait été repeint plusieurs fois. L'oiseau était posé sur quelque chose, peut-être sur une fleur, ou une corbeille ou un nid, ou sur la cime d'un arbre. Je ne m'en souciai pas et commençai par ce que je me rappelais nettement. Mû par un besoin obscur, je me mis à peindre tout de suite avec des couleurs très vives. Sur ma feuille, la tête de l'oiseau était jaune d'or. En me laissant guider par ma fantaisie, je continuai mon travail et, en peu de jours, j'eus terminé.

Mon image représentait un oiseau de proie, avec un bec acéré, hardi d'épervier. Il émergeait à mi-corps d'une sphère terrestre, de couleur sombre, semblable à un œuf géant dont il cherchait à se dégager, et il se détachait sur un fond de ciel bleu. En examinant la feuille, il me sembla qu'elle ressemblait de plus en plus au blason colorié tel qu'il m'était apparu dans mon rêve.

Il m'aurait été impossible d'écrire une lettre à Demian, même si j'avais su où il se trouvait. Mais je décidai, en obéissant au pressentiment obscur qui déterminait alors toutes mes actions, de lui envoyer l'image avec l'épervier, qu'elle lui parvînt ou non. Je n'écrivis rien dessus, pas même mon nom. Je coupai soigneusement les bords, achetai une grande enveloppe sur laquelle j'écrivis l'ancienne adresse de mon ami, puis je l'expédiai.

Etant sur le point de passer un examen, il me fallait étudier plus que jamais. Depuis que, subitement, j'avais changé de conduite, j'étais rentré en grâce auprès des maîtres. Je n'étais pas un bon élève, mais ni moi, ni personne ne se rappelait que, six mois auparavant, mon expulsion de l'école ne faisait l'objet d'aucun doute.

Mon père m'écrivit de nouveau comme auparavant, sans reproches, ni menaces. Mais je ne sentais nullement le besoin d'expliquer, ni à lui ni à personne, la façon dont s'était opérée ma transformation. C'était un hasard si cette transformation répondait aux désirs de mes parents et de mes maîtres. Elle ne me rapprocha pas des autres. Elle me rendit plus solitaire. Son but était Demian, une destinée lointaine. Je l'ignorais moi-même, étant encore en pleine évolution. Cette conversion avait commencé avec Béatrice, mais depuis quelque temps, je vivais avec mes peintures et mes pensées, tout à Demian, dans un monde si irréel que je l'avais complètement perdue de vue et qu'elle était sortie de mon esprit. A personne, même si je l'avais voulu, je n'aurais pu dire un mot de mes pensées, de mes vœux, de ma transformation intérieure.

Mais comment aurais-je pu le vouloir ?

L'OISEAU CHERCHE À SE DÉGAGER
DE L'ŒUF

L'OISEAU de mes rêves que j'avais peint était en
route, à la recherche de mon ami. Une réponse
me parvint, d'une manière vraiment bizarre.

Dans la salle de classe, je trouvai à ma place,
après une récréation, un billet dans mon livre. Il
était plié comme nous avions l'habitude de plier
les billets qu'au cours d'une leçon nous nous
faisions parvenir en cachette. Je m'étonnai seulement de recevoir un billet de cette sorte, car je
n'avais ce genre de rapport avec aucun camarade.
Je pensai qu'on me demandait par là de participer
à quelque farce d'écolier ; or, comme je n'y tenais
pas, je remis le billet dans mon livre sans l'avoir
lu. Pendant la leçon, il tomba par hasard de
nouveau entre mes mains.

Je jouai avec le papier, le dépliai machinale-
ment et y trouvai quelques mots écrits. J'y jetai
un regard ; l'un d'eux retint mon attention. Je
m'effrayai et lus, tandis que mon cœur se contrac-

tait comme par un grand froid devant la destinée.

« L'oiseau cherche à se dégager de l'œuf. L'œuf est le monde. Celui qui veut naître doit détruire un monde. L'oiseau prend son vol vers Dieu. Ce Dieu se nomme Abraxas. »

Après avoir lu et relu ces lignes, je m'absorbai dans une profonde méditation. Aucun doute possible ! C'était la réponse de Demian. Personne, sinon lui et moi, ne pouvait savoir quelque chose de l'oiseau. Il avait reçu ma peinture. Il avait compris et il m'aidait à l'interpréter. Mais comment relier ces données ? Et — c'est là ce qui me tourmentait le plus — qui était Abraxas ? Jamais, je n'avais lu ni entendu ce nom. « Ce Dieu se nomme Abraxas. »

L'heure s'écoula sans que j'eusse entendu un seul mot de la leçon. La suivante commença ; c'était la dernière de l'après-midi. Elle était donnée par un jeune professeur suppléant, qui sortait de l'Université et qui nous plaisait parce que, à notre égard, il ne faisait pas montre d'une fausse dignité.

Nous lisions Hérodote sous la direction du professeur Follen. C'était une des rares leçons qui m'intéressait. Mais ce jour-là, j'avais peine à y consacrer mon attention. Mécaniquement, j'avais ouvert mon livre, mais sans suivre la traduction, et je restais plongé dans mes pensées. A maintes reprises, j'avais contrôlé la justesse de ce que Demian m'avait déclaré du temps de notre enseignement religieux : ce que l'on voulait avec assez de force ne manquait pas de réussir. Lorsque, au cours de la leçon, j'étais entièrement absorbé par mes propres pensées, je pouvais être certain que le maître me laisserait tranquille. Quand, par contre, on était distrait ou somnolent, alors, tout à coup, il se dressait devant vous. Cela m'était souvent arrivé. Mais quand on pensait réellement, quand on était plongé en soi-même, alors on était protégé. J'avais expérimenté également la puissance du regard et de la pensée et, maintenant, je réussissais ce qu'autrefois, lors de mon amitié avec Demian, j'étais incapable d'accomplir.

J'étais donc bien loin de l'école et d'Hédodote lorsque, à l'improviste, la voix du professeur pénétra comme un éclair jusqu'à ma conscience et me fit tressaillir de frayeur. Il se tenait tout à côté de moi. Je croyais que déjà il avait prononcé mon nom. Mais il ne me regardait pas. Je respirai.

Alors, de nouveau, j'entendis sa voix. Elle prononçait le mot « Abraxas ».

Poursuivant une explication dont le début m'avait échappé, le docteur Follen continua : « Il ne faut pas considérer ces sectes et ces associations mystiques de l'Antiquité du point de vue rationaliste, qui nous les fait juger bien naïves. Il n'y avait pas chez les anciens de science, au sens actuel du mot. Aussi, s'occupait-on beaucoup de vérités, à la fois philosophiques et mystiques. Sans doute, il en résultait de la magie et de l'enfantillage qui pouvaient aboutir au charlatanisme et au crime. Cependant, même la magie avait une noble origine et des pensées profondes. Il en était ainsi de la doctrine d'Abraxas dont, à titre d'exemple, je viens de vous parler. On cite ce nom avec d'autres formules magiques grecques, et beaucoup le considèrent comme le nom d'une sorte de diable sorcier, tel qu'il en existe aujourd'hui encore chez certains peuples sauvages. Mais il est probable qu'Abraxas signifie davantage. Nous pouvons le concevoir comme une divinité qui avait la tâche symbolique de concilier l'élément divin et l'élément démoniaque. »

Le petit homme cultivé poursuivit avec beaucoup de zèle son exposé érudit et subtil. Personne n'était très attentif, et le nom d'Abraxas n'étant plus revenu au cours de la leçon, je me replongeai bientôt dans mes méditations.

« Concilier l'élément divin et l'élément démoniaque », cette phrase résonnait encore en moi. Je pouvais y rattacher quelque chose, car cette pensée m'était familière depuis mes entretiens avec Demian, dans les derniers temps de notre amitié. Il m'avait dit alors que le Dieu que nous adorions ne représentait qu'une moitié du monde, séparée arbitrairement du reste, c'est-à-dire le monde officiel, « lumineux ». Mais le monde tout entier était digne de notre vénération. Aussi fallait-il avoir ou bien un Dieu qui soit aussi le Diable, ou bien, il fallait, à côté du culte de Dieu, instaurer le culte de Satan. Abraxas était donc la divinité qui était à la fois Dieu et Satan.

Pendant un certain temps, je suivis avec beaucoup de zèle la trace indiquée par Demian, mais sans avancer. Je feuilletais aussi sans succès toute une bibliothèque, dans l'espoir de découvrir quelque chose sur Abraxas. Mais ce genre de recherches directes et conscientes n'était pas mon affaire. De cette façon, l'on ne trouve que des vérités qui sont comme des pierres dans votre main.

La figure de Béatrice qui, pendant un certain temps, m'avait si intensément et si intimement occupé, sombra insensiblement ; ou plutôt, elle s'éloigna de moi, se rapprocha toujours plus de l'horizon et devint une ombre lointaine, pâle. Elle ne suffisait plus à mon âme.

Alors, au sein de l'existence bizarre que je menais comme un somnambule, une nouvelle image se forma. La nostalgie de la vie s'épanouissait en moi, ou plutôt, la nostalgie de l'amour, et l'instinct sexuel que, pendant un certain temps, j'avais pu apaiser par le culte de Béatrice, exigeait de nouvelles images, de nouveaux buts. J'étais encore et toujours éloigné de la satisfaction de ce besoin, et plus encore qu'auparavant, il m'était impossible de me tromper moi-même et d'attendre quelque chose des filles auprès desquelles mes camarades cherchaient leur bonheur. Je rêvais de nouveau intensément, et dans la journée plus encore que pendant la nuit. Des idées, des images ou des désirs naissaient en moi, et me détachaient du monde extérieur, de sorte qu'avec ces rêves ou ces ombres, j'avais des rapports plus intimes et plus vivants qu'avec mon entourage réel.

Un rêve défini ou un jeu de mon imagination qui revenait constamment acquit pour moi un sens profond. Ce rêve — le plus important et le plus durable de toute ma vie — se présentait à peu près ainsi : je revenais à la maison paternelle. Au-dessus de la porte brillait l'oiseau du blason, jaune sur un fond bleu. Ma mère venait à ma rencontre, mais, au moment où je franchissais le seuil et m'apprêtais à l'embrasser, elle se transformait en une figure jamais vue, grande et puissante, qui ressemblait à Demian et à l'image que j'avais peinte, mais différente cependant, et malgré sa haute stature, entièrement féminine. Cette figure m'attirait à elle dans une profonde et effrayante étreinte amoureuse. Volupté et terreur se mêlaient en moi. Cette étreinte était à la fois culte et inceste. La figure qui m'embrassait concentrait en elle trop de souvenirs de ma mère, trop de souvenirs de mon ami Demian. Son étreinte, qui péchait contre toute décence, me remplissait cependant de béatitude. Souvent, je m'éveillais de ce rêve avec un sentiment de bonheur profond, souvent aussi dans une angoisse mortelle, avec une conscience tourmentée, comme après avoir commis un péché monstrueux.

Seulement peu à peu et inconsciemment, un lien se forma entre cette vision purement intérieure et ce qui m'avait été révélé extérieurement sur le dieu à chercher. Ce lien devint plus étroit et plus intime, et je m'aperçus qu'au sein de ce rêve prémonitoire j'invoquais Abraxas. Volupté et terreur, homme et femme confondus, entrelacés du plus sacré et du plus horrible, péché grave affleurant l'innocence la plus tendre, ainsi était l'image aimée de mon rêve, ainsi était Abraxas. L'amour n'était plus l'obscur instinct animal qu'au début j'avais senti s'éveiller avec angoisse. Il n'était plus l'amour spiritualisé, le culte idéal de Béatrice. Il était les deux à la fois et plus encore. Ma vision était ange et Satan, homme et femme, enfin humain et animal, bien le plus élevé et mal suprême. Voilà ce que je devais vivre, ce qui serait mon destin, ce qui me remplissait de nostalgie et de peur, toujours là, inséparable de moi.

Le printemps suivant, je devais quitter l'école pour aller faire mes études, j'ignorais lesquelles encore et à quelle université. Sur mes lèvres croissait une petite moustache. J'étais maintenant un homme fait, et cependant complètement incapable encore de me débrouiller, et sans but. J'avais une certitude, ma voix intérieure, l'image de mon rêve. Je sentais que j'avais le devoir de les suivre aveuglément, mais c'était difficile ; aussi, journellement, me rebellai-je. Souvent, il m'était arrivé de penser que j'étais fou peut-être ou que, du moins, je n'étais pas comme les autres hommes. Cependant, avec un peu de zèle et quelque effort, je pouvais lire Platon, résoudre des calculs trigonométriques ou suivre une analyse chimique. Mais j'étais incapable d'une chose seulement : tirer de mon être le but obscur et me le représenter, comme le faisaient les autres qui savaient avec certitude vouloir être professeur ou juge, médecin ou artiste, et pendant combien de temps, et quels avantages ils retireraient de ces professions. Moi je ne le pouvais pas. Il était possible qu'un jour je devienne quelque chose de ce genre, mais comment aurais-je pu le savoir ? Peut-être étais-je destiné à chercher et chercher encore pendant des années, sans arriver à aucun but. Peut-être atteindrais-je un jour un but, mais ce serait un but mauvais, dangereux, effrayant.

Je ne voulais qu'essayer de vivre ce qui spontanément voulait surgir de moi. Pourquoi était-ce si difficile ?

Plusieurs fois, je tentai de peindre la figure puissante de mes rêves. Jamais je n'y parvins. Si j'avais réussi, j'aurais envoyé la feuille à Demian.

Où était-il ? Je l'ignorais. Je savais seulement qu'il y avait un lien entre nous. Mais quand me serait-il donné de le revoir ?

Le calme heureux des semaines et des mois vécus avec l'image de Béatrice avait disparu depuis longtemps. Alors je pensais avoir atteint une île et trouvé la paix. Mais — il en était toujours ainsi — à peine m'étais-je habitué à un état, à peine un rêve m'avait-il réconforté, qu'ils se fanaient et s'évanouissaient. Il était vain de s'en lamenter. Je vivais maintenant dans le feu d'un désir inassouvi, d'une attente tendue qui, parfois, me rendait comme insensé. Souvent, je voyais devant moi, avec une grande netteté, l'image de la femme aimée de mes rêves, beaucoup plus nettement même que ma propre main. Je lui parlais. Je pleurais à ses pieds. Je la maudissais. Je l'appelais mère et m'agenouillais devant elle en larmes. Je l'appelais mon amante et je pressentais son baiser qui me comblerait. Je la nommais démon et putain, vampire et assassin. Elle m'inspirait les plus tendres rêves d'amour et les pires impudicités. Pour elle il n'était rien de trop bon et de trop précieux, rien de trop bas et de trop mauvais.

Pendant tout l'hiver, je vécus dans une tempête intérieure que je puis difficilement décrire. La solitude, j'y étais habitué depuis longtemps. Elle ne me pesait plus. Je vivais avec Demian, avec l'épervier, avec l'image de la grande figure de mes rêves, qui était ma destinée et mon amante. Ils suffisaient à remplir ma vie. Ils me faisaient pressentir mon avenir. Ils présageaient Abraxas. Mais aucun de ces rêves, aucune de ces pensées n'accourait à mon appel et je ne pouvais les peindre à ma guise.

136

Ils venaient et s'emparaient de moi. J'étais dominé et animé par eux.

A l'égard du monde extérieur, je me sentais bien garanti. Je n'avais aucune crainte des hommes. Mes camarades l'avaient appris et me témoignaient un certain respect secret qui parfois me faisait sourire. Quand je le voulais, je pouvais facilement pénétrer leurs pensées et leurs sentiments, et par là les plongeais dans l'étonnement ; mais cela m'arrivait rarement, sinon jamais. Je m'occupais de moi-même surtout et presque toujours. Et je désirais ardemment pouvoir donner au monde quelque chose de moi-même. Je brûlais d'entrer en rapport et en lutte avec lui. Quand, le soir, je parcourais les rues de la ville, en proie à une agitation qui m'empêchait de rentrer avant une heure avancée de la nuit, il me semblait souvent qu'au prochain carrefour j'allais rencontrer ma bien-aimée, que, de la prochaine fenêtre, elle allait me faire signe. Parfois, cet état était si pénible que j'étais décidé à m'ôter la vie.

C'est alors que, grâce à un « hasard », comme on dit, je trouvai un refuge spécial. Mais il n'est point de hasard. Lorsqu'un homme trouve une chose qui lui est nécessaire, ce n'est pas au hasard qu'il le doit, mais à lui-même. C'est son propre besoin, son propre désir qui la lui procure.

Deux ou trois fois, au cours de mes promenades à travers la ville, j'avais entendu sortir des sons d'orgue d'une petite église du faubourg, mais, jamais, je ne m'étais arrêté. En repassant par là, certain soir, je reconnus qu'on y jouait du Bach. Je me dirigeai vers la porte que je trouvai fermée et, comme la rue était déserte, je m'assis à côté de l'église sur une borne, remontai le col de mon manteau et écoutai. L'orgue n'était pas grand, mais excellent, et la musique avait un accent particulier, une expression absolument personnelle de volonté et de ténacité, et sonnait comme une prière. Je pensai : l'homme qui joue là sait que dans cette musique il y a un trésor caché et, de toute son âme, il s'efforce, comme s'il y allait de sa vie même, de parvenir jusqu'à lui. Au point de vue technique, je n'entendais pas grand-chose à la musique, mais, dès mon enfance, j'avais compris instinctivement cette expression de l'âme et senti l'élément musical comme allant de soi.

Le musicien joua ensuite un air moderne, de Reger peut-être. L'église était presque entièrement obscure. Seule, une faible lueur sortait de la fenêtre la plus proche. Je restai là jusqu'à ce que l'organiste eût fini de jouer et me promenai ensuite de long en large en attendant qu'il sortît. C'était un homme jeune encore, bien que plus âgé que moi, robuste et trapu. Il s'éloigna rapidement, à grands pas, et cependant, comme à contrecœur.

Depuis cette heure-là, je m'assis souvent le soir devant l'église ; parfois, je me promenais de long en large. Une fois, je trouvai la porte ouverte et, pendant une demi-heure, je demeurai assis au fond de la nef, grelottant et heureux, tandis que, sur la tribune, l'organiste jouait à la faible lumière d'un bec de gaz. Dans sa musique, ce n'était pas lui seulement que j'entendais. Tout ce qu'il jouait me semblait présenter un certain lien, un rapport secret ; reflétait une âme croyante, pleine de dévotion, pieuse, non à la manière des pasteurs et de ceux qui vont les écouter, mais des pèlerins et des mendiants du Moyen Age, pieux, d'un abandon total à une vision de l'univers située au-dessus de toutes croyances. Les musiciens antérieurs à Bach furent joués avec ferveur ainsi que de vieux maîtres italiens. Et tous disaient la même chose ; tous exprimaient ce que le musicien sentait aussi en lui : nostalgie, fusion avec l'univers, puis séparation sauvage d'avec lui, attente brûlante devant sa propre âme obscure, ivresse de l'abandon, curiosité profonde à l'égard du merveilleux.

Un jour, à sa sortie de l'église, je suivis à la dérobée le musicien et le vis se diriger vers un petit cabaret, à l'extrémité du faubourg. Je ne pus m'empêcher d'y entrer aussi. Pour la première fois alors, je le vis distinctement. Il était assis à une table, dans un angle de la petite salle, son chapeau de feutre noir sur sa tête, une chopine de vin devant lui. Son visage était tel que je me l'étais représenté, laid, avec une expression un peu farouche et inquiète, tourmentée et volontaire, mais la bouche était tendre et enfantine. Si les yeux et le front exprimaient la force et la virilité, la partie inférieure du visage, par contre, était douce, comme ébauchée seulement, efféminée ; le menton, plein d'indécision, puéril, contrastait avec le front et le regard. Ses yeux bruns me plurent par leur expression fière et hostile.

En silence, je m'assis devant lui. Nous étions seuls dans le cabaret. Il me regarda comme s'il eût voulu me chasser. Je tins bon et le fixai hardiment. Alors, il grogna :

« Que diable regardez-vous donc si fixement ? Avez-vous quelque chose à me demander ?

— Je ne veux rien de vous, répondis-je. Mais vous m'avez déjà beaucoup donné. »

Il fronça les sourcils.

« Ah ! vous êtes un amateur de musique. Ils me dégoûtent, ceux qui peuvent s'enthousiasmer pour la musique. »

Je ne me laissai pas intimider.

« Je vous ai souvent entendu dans l'église, dis-je. Je ne veux pas vous importuner. Je pensais que je trouverais chez vous quelque chose de spécial, je ne sais pas très bien quoi. Mais vous n'avez pas besoin de faire attention à moi. Je puis vous écouter à l'église.

— Je ferme toujours, cependant.

— L'autre jour, vous avez oublié. Alors je me suis assis à l'intérieur. Du reste, je me tiens debout, dehors, ou je m'assieds sur la bouteroue.

— Vraiment ? Une autre fois vous pourrez entrer. Il fait plus chaud dedans. Vous n'aurez qu'à frapper à la porte. Mais fort, et pas pendant que je joue. Maintenant, parlez. Qu'aviez-vous à me dire ? Vous êtes un tout jeune homme, probablement un écolier ou un étudiant. Etes-vous musicien ?

— Non. J'aime entendre la musique, mais seulement une musique comme celle que vous jouez, une musique qui exprime l'absolu, une musique en laquelle on sente un homme qui ébranle le ciel et l'enfer. J'aime beaucoup la musique, surtout, je crois, parce qu'elle est si peu morale. Tout le reste l'est. Je cherche quelque chose qui ne le soit pas. J'ai toujours souffert de ce qui est moral. Je ne sais pas bien m'exprimer. Savez-vous qu'il doit y avoir un Dieu qui est à la fois Dieu et Satan ? Il doit y en avoir un ; j'en ai entendu parler. »

Le musicien repoussa un peu en arrière son grand chapeau et rejeta sa sombre chevelure de son front vaste. Puis il me fixa d'une façon pénétrante et, par-dessus la table, tendit son visage vers moi.

Doucement et d'une voix pleine d'intérêt, il me demanda :

« Comment s'appelle le Dieu dont vous parler ?

— Malheureusement, je ne sais presque rien de lui, hormis son nom. Il se nomme Abraxas. »

Le musicien jeta un regard défiant autour de lui, comme s'il avait craint que quelqu'un pût écouter. Puis il s'approcha de moi et murmura :

« Je m'y attendais.. Qui êtes-vous ?

— Je suis un élève du gymnase.

— Comment se fait-il que vous ayez connaissance d'Abraxas. ?

— Par hasard. »

Il frappa sur la table si violemment que son verre déborda.

« Par hasard ! Ne dites pas de conneries, jeune homme ! On n'apprend rien sur Abraxas par hasard, notez-le bien. Je vous dirai davantage encore de lui. J'en ai quelque connaissance. »

Il se tut et recula sa chaise. Comme je le regardais, plein d'attente, il fit une grimace.

« Pas ici. Une autre fois. Tenez ! »

Il fouilla dans la poche de son manteau qu'il n'avait pas enlevé, en tira quelques châtaignes rôties et me les jeta.

Je ne dis rien, pris les châtaignes, les mangeai et me sentis très content.

« Comment donc se fait-il que vous ayez entendu parler... de lui ? » demanda-t-il au bout d'un instant.

Je n'hésitai pas à le dire.

« J'étais seul, complètement désemparé. Alors, je pensai à un ami d'enfance qui sait beaucoup de choses, à ce que je crois. J'avais peint un oiseau émergeant d'une sphère terrestre. Je le lui envoyai. Au bout de quelque temps, alors que je n'attendais plus de réponse, je reçus un morceau de papier sur lequel était écrit : « L'oiseau cher- « che à se dégager de l'œuf. L'œuf est le monde. « Celui qui veut naître doit détruire un monde. « L'oiseau s'envole vers Dieu. Ce Dieu s'appelle « Abraxas. »

Il ne répondit rien. Nous épluchâmes nos châtaignes et les mangeâmes en buvant notre vin.

« Prenons-nous encore une chopine ? demanda-t-il.

— Non, merci. Je n'aime pas boire. »

Il se mit à rire, un peu déçu.

« C'est comme vous voudrez. Pour moi c'est différent. Je reste encore. Allez, maintenant ! »

Lorsque, la fois suivante, je l'accompagnai après qu'il eut joué de l'orgue, il n'était pas très causeur. Il me conduisit dans une vieille rue, me fit monter jusqu'au dernier étage d'une maison ancienne, de belle apparence, et m'introduisit dans une vaste chambre, sombre et en désordre, où, à part le piano, rien n'évoquait la musique ; une grande bibliothèque et un bureau lui donnaient un côté savant.

« Quelle quantité de livres vous avez ! dis-je élogieusement.

— Une partie provient de la bibliothèque de mon père chez qui je demeure. Oui, jeune homme, je vis chez mes parents, mais je ne puis vous les présenter, car, ici à la maison, mes fréquentations ne sont guère estimées. Je suis un fils perdu, voyez-vous. Mon père est un homme extrêmement honorable, un pasteur et un prédicateur bien connu de cette ville. Et moi, pour que vous sachiez de suite ce qu'il en est, je suis son fils, un fils très doué et qui promettait beaucoup, mais qui a dévié et est devenu quelque peu fou. J'ai été théologien et, peu avant l'examen d'Etat, j'ai quitté cette brave faculté, bien que, pour ce qui est de mes études privées, je n'aie pas abandonné cette branche. Je m'intéresse toujours beaucoup aux dieux que les hommes ont inventés. En outre, je suis musicien et bientôt, à ce qu'il paraît, j'aurai une petite place d'organiste. Ainsi, je ne quitterai pas l'Eglise. »

Je passai en revue les livres alignés et, à la faible lueur de la petite lampe de table, je déchiffrai des titres latins, grecs, hébraïques. Pendant ce temps, mon nouvel ami s'était étendu sur le sol dans l'obscurité et se livrait à certains préparatifs.

« Venez donc ! cria-t-il au bout d'un moment. Maintenant, nous allons faire un peu de philosophie, c'est-à-dire garder le silence, être étendus à plat ventre, et méditer. »

Il frotta une allumette et mit le feu au papier et au bois entassés dans la cheminée devant laquelle il se trouvait. La flamme s'éleva. Il attisa le feu et, avec précaution, ajouta du bois. Je m'étendis à côté de lui sur le tapis déchiré. Il fixait le foyer qui m'attirait aussi, et, durant bien une heure, nous restâmes étendus à plat ventre devant le feu. Nous le regardâmes flamber, pétiller, s'affaisser, se tordre, vaciller, jeter des étincelles et, finalement, couver dans les tisons silencieux.

« L'adoration du feu n'est pas ce que l'on a imaginé de plus stupide », murmura-t-il.

A part ces mots, il demeura silencieux et moi également. Perdu dans une sorte de rêve, je contemplais le feu, et je voyais des formes dans la fumée et des images dans les cendres. A un certain moment, je tressaillis ; mon compagnon ayant jeté un petit morceau de résine dans le feu, une flamme svelte jaillit dans laquelle je distinguai l'oiseau avec la tête jaune d'épervier. Dans l'embrasement du feu mourant, des fils dorés et incandescents s'entrelaçaient, des caractères d'écriture et des images apparaissaient, rappelant des visages, des animaux, des plantes, des vers et des serpents. Lorsque, au sortir de ce rêve, je regardai mon compagnon, il fixait les cendres avec une expression de vénération fanatique, le menton appuyé sur son poing.

« Il faut que je m'en aille, maintenant, dis-je doucement.

— Oui ; alors, allez ! Au revoir ! »

Il ne se leva pas et, comme la lampe était éteinte, je dus retrouver mon chemin à tâtons dans la chambre obscure, le long des corridors et dans les escaliers de la vieille maison enchantée. Une fois dans la rue, je m'arrêtai pour regarder la façade. Aucune lumière n'apparaissait aux fenê-

144

tres. Une petite plaque de laiton brillait à la lueur d'un bec de gaz. Je lus :

« Pistorius, pasteur. »

Comme j'étais assis après le dîner dans ma petite chambre, il me vint à l'esprit que Pistorius ne m'avait rien appris ni sur Abraxas, ni sur autre chose, et que nous n'avions pas échangé dix mots. Cependant, j'étais très content de ma visite chez lui. Et, pour la prochaine fois, il m'avait promis un morceau exquis de vieille musique pour orgue, une passacaille de Buxtehude.

Sans que je m'en sois douté, l'organiste Pistorius m'avait donné une première leçon, tandis que j'étais étendu à ses côtés, sur le sol, devant la cheminée de sa sombre chambre d'ermite. La contemplation du feu m'avait été bienfaisante ; elle avait fortifié et réaffirmé en moi des goûts qui y avaient toujours été présents, mais que, jamais, je n'avais cultivés. Peu à peu, leur sens s'éclaircit en partie.

Souvent, lorsque j'étais petit enfant, j'avais été attiré par les formes bizarres de la nature. Sans m'appliquer à les observer, je me laissais toutefois prendre à leur charme particulier, je me plaisais à écouter leur langage étrange et profond. Les longues racines enchevêtrées des arbres, les veines brillantes de la pierre, les taches d'huile qui nagent sur l'eau, les défauts du verre, et toutes les choses de ce genre avaient toujours eu pour moi un attrait spécial, mais avant tout l'eau et le feu, la fumée, les nuages, la poussière, et surtout les cercles lumineux que je voyais en fermant les yeux. Aussitôt après ma première visite chez Pistorius, je m'en souvins à nouveau. Car je m'étais aperçu qu'à la longue contemplation du feu, je devais un sentiment de joie et d'exaltation de moi-même. Cette occupation était merveilleusement réconfortante et enrichissante.

Au peu d'expériences que j'avais faites jusqu'à présent sur le chemin de moi-même, s'ajouta celle-ci : la contemplation des formes étranges, confuses, irrationnelles de la nature fait naître en nous le sentiment de l'harmonie qui existe entre notre âme et la volonté qui laissa ces formes se créer. Bientôt, nous sommes tentés de les prendre pour nos propres caprices, pour nos propres créations. Nous voyons s'effacer et disparaître les limites qui nous séparent de la nature, et nous parvenons alors à l'état dans lequel nous ne savons plus si les images imprimées sur notre rétine proviennent d'impressions extérieures ou intérieures. C'est alors que nous découvrons, le plus facilement et le plus simplement, combien nous sommes créateurs, combien notre âme participe à la création perpétuelle de l'univers. Bien plus, nous sentons que s'exprime en nous cette même Divinité indivisible, à l'œuvre dans la nature, et nous nous rendons compte que si le monde extérieur s'écroulait, l'un de nous serait capable de le réédifier, car les montagnes et les fleuves, les arbres et les feuilles, les racines et les fleurs, tout ce qui est dans la nature, est préexistant en nous, naît de notre âme dont l'essence est éternité et nous reste inconnue ; mais elle se révèle à nous le plus souvent comme force d'amour et de création.

Bien des années plus tard, seulement, je trouvai ces observations confirmées dans un livre par Léonard de Vinci, qui dit combien il est intéressant

146

et profondément suggestif de contempler un mur couvert de nombreux crachats. Devant ces taches sur un mur humide, il éprouvait ce que Pistorius et moi éprouvions en regardant le feu.

Lors de la visite suivante, l'organiste me donna cette explication :

« Nous restreignons beaucoup trop les limites de notre personnalité. Nous lui attribuons seulement ce que nous discernons d'individuel, ce que nous trouvons différent. Mais chacun de nous contient l'univers tout entier et, de même que notre corps porte en lui tous les degrés de l'évolution, à partir du poisson et beaucoup plus loin encore, ainsi, dans notre âme, revit tout ce qui a vécu dans toutes les âmes humaines. Tous les dieux, tous les démons qui ont été adorés une fois, que ce soit par les Grecs, les Chinois ou les Cafres, tous sont en nous, tous sont là, sous forme de possibilités, de désirs, de moyens. Si toute l'humanité mourait, à l'exception d'un seul enfant moyennement doué, qui n'aurait reçu aucune instruction, cet enfant retrouverait le cours entier de l'évolution des choses. Il réinventerait dieux et démons, paradis, commandements et défenses. Ancien et Nouveau Testament.

— Mais, objectai-je, en quoi réside alors la valeur de l'individu ? Pourquoi aspirons-nous à un but si tout est déjà accompli en nous ?

— Halte là ! s'écria Pistorius. Il y a une grande différence entre le fait de porter le monde en soi et le fait de le savoir. Il y a des fous dont les pensées peuvent rappeler celles de Platon, et un pieux écolier dans un institut piétiste peut avoir une intuition aussi profonde des rapports entre Dieu, l'âme et l'univers, que Zoroastre ou les gnostiques. Mais il l'ignore, et tant qu'il l'ignore, il n'est pas plus qu'un arbre, ou une pierre, ou, tout au plus, un animal. Il ne devient un homme que lorsque jaillit en lui la première étincelle de cette connaissance. Vous ne considérez cependant pas comme des hommes tous les bipèdes qui se promènent dans la rue simplement parce qu'ils vont droit et portent leurs petits pendant neuf mois ? Vous voyez combien il en est qui sont encore poissons ou moutons, vers ou sangsues, fourmis ou abeilles ! En chacun d'eux, toutefois, l'humanité véritable est en germe, mais ces possibilités d'humanité ne lui appartiennent en propre que lorsqu'il a commencé à les pressentir, à les réaliser en partie dans sa conscience. »

Tels étaient à peu près nos entretiens. Rarement, ils m'apportaient quelque chose de nouveau ou de vraiment surprenant. Mais tous, voire le plus banal, touchaient en moi le même point, comme de légers et persistants coups de marteau et contribuaient à mon développement ; tous m'aidaient à me dépouiller de mes membranes, à briser mes coquilles et, hors de chacune d'elles, je me dressais, la tête toujours plus haute, plus libre, jusqu'à ce que mon épervier eût poussé sa belle tête d'oiseau de proie hors de la coquille de l'univers.

Souvent, nous nous racontions nos rêves. Pistorius savait les interpréter. Un exemple étrange m'est resté. Je rêvai que je pouvais voler, mais de telle façon que j'étais en quelque sorte projeté dans l'air par un élan dont je n'étais pas maître. Le sentiment que j'éprouvais au cours de ce vol était d'abord enivrant, mais il se transforma bientôt en angoisse lorsque, sans que ma volonté fût intervenue, je me sentis transporté à des hauteurs vertigineuses. Alors, je découvris, avec un sentiment de délivrance, que je pouvais régler mon envolée et ma descente en retenant et en laissant aller ma respiration.

Alors Pistorius me dit :

« L'élan qui nous permet de voler, c'est le grand patrimoine humain que possède chacun de nous ; c'est le sentiment que nous pouvons puiser à notre gré aux sources de toute force, mais ce sentiment devient vite oppressant. C'est terriblement dangereux. C'est pourquoi la plupart des hommes renoncent si volontiers au vol et préfèrent cheminer sur le trottoir, en obéissant sagement à la loi. Mais vous, non ! Vous, comme un garçon audacieux, vous volez toujours plus haut. Et alors vous faites une découverte merveilleuse : vous découvrez que vous pouvez vous rendre maître de votre vol, et qu'à la grande force générale qui vous pousse en avant, une petite force, une force particulière vient s'ajouter, un organe, un gouvernail. C'est magnifique ! Sans ce gouvernail, vous vous lanceriez aveuglément dans les airs. C'est là ce que font les insensés. Ils sont favorisés de pressentiments plus profonds que les gens du trottoir, mais ils sont dépourvus de clef et de gouvernail, et ils se jettent dans le vide. Mais vous, Sinclair, vous savez comment vous y prendre ! Et comment cela, s'il vous plaît ? Vous l'ignorez encore ? Vous employez un nouvel organe, un régulateur de la respiration. Et, maintenant, constatez combien votre âme est peu « personnelle » ! Elle n'a pas inventé ce régulateur. Il n'est pas nouveau. Il n'est qu'un emprunt et il existe depuis des milliers d'années. En effet, il n'est autre chose que l'organe d'équilibre des poissons, la vessie natatoire. Et, en réalité, il existe encore aujourd'hui certaines espèces de poissons étranges chez lesquels la vessie natatoire fait fonction en même temps d'une sorte de poumon, et, en certaines circonstances, peut servir réellement à respirer. C'est donc exactement comme le poumon dont, en rêve, vous vous servez pour voler. »

Il m'apporta même une volume de zoologie et me montra les noms et les images de ces poissons primitifs. Et, avec un frisson particulier, je sentis revivre en moi une fonction d'un cycle lointain.

LE COMBAT DE JACOB

Ce que le bizarre musicien Pistorius m'apprit sur Abraxas, je ne puis le résumer brièvement ; mais le plus important qu'il m'enseigna, ce fut à faire un pas plus grand sur le chemin de moi-même. A cette époque (j'avais alors dix-huit ans), j'étais un jeune homme peu ordinaire, précoce à certains égards, inexpérimenté à d'autres. Quand je me comparais à mes camarades, j'étais souvent plein de fierté et de présomption, mais souvent aussi, je me sentais abattu et humilié. Parfois, je me prenais pour un génie, parfois pour un être à demi fou. Je restais toujours étranger aux joies et à la vie de mes compagnons ; je me le reprochais souvent, et j'étais rongé de soucis comme si j'avais été séparé d'eux sans espoir de m'en rapprocher jamais, comme si la vie m'avait été fermée.

Pistorius qui, lui-même, était un grand original, m'apprit à ne pas perdre courage et à garder le respect de moi-même. Il m'en donnait l'exemple en me prenant toujours au sérieux et en accordant de la valeur à chacune de mes paroles, à chacun de mes rêves.

« Vous m'avez raconté, me dit-il un jour, que vous aimiez la musique parce qu'elle n'est pas morale. Mais, vous-même, ne soyez pas non plus un moraliste. Vous ne devez pas vous comparer aux autres, et si la nature a voulu faire de vous une chauve-souris, vous ne devez pas aspirer à devenir une autruche. Il vous arrive de vous trouver étrange, de vous reprocher de ne pas suivre la même voie que les autres. Défaites-vous de cette pensée ! Contemplez le feu, contemplez les nuages, et dès que les pressentiments seront venus et que la voix de votre âme commencera à parler, écoutez-les, sans vous demander auparavant si cela plaît à monsieur le professeur ou à monsieur votre papa, ou à un bon Dieu quelconque, car de cette façon, l'on nuit à soi-même ; l'on finit par ressembler aux gens du trottoir et par devenir un fossile. Mon cher Sinclair, notre Dieu se nomme Abraxas, et il est Dieu et Satan à la fois. Il renferme en lui le monde lumineux et le monde sombre. Abraxas n'est contraire à aucune de vos pensées, à aucun de vos rêves, ne l'oubliez jamais ! Mais il ne manquera pas de vous abandonner dès que vous serez devenu un être sans reproche et normal. Alors, il vous plantera là et cherchera un autre vase pour y déposer ses pensées. »

De tous mes rêves, l'obscur rêve d'amour était le plus fidèle. Je passai le seuil de notre maison, sous le blason à l'oiseau. Je voulais attirer ma mère à moi et, au lieu de cela, c'était la femme, grande, à moitié masculine, à moitié maternelle,

que j'embrassais, figure qui m'inspirait de la terreur et vers laquelle, cependant, me poussait le
désir le plus brûlant. Et ce rêve, je ne pouvais le
raconter à mon ami. Je le gardai en moi après lui
avoir tout révélé. C'était là mon refuge, mon mystère, mon avenir.

Lorsque j'étais abattu, je priais Pistorius de me
jouer la passacaille du vieux Buxtehude. Dans
l'église assombrie par le crépuscule, j'étais assis,
perdu dans cette musique étrange, intime, expression d'une âme plongée en elle-même, aux écoutes, — musique qui, chaque fois, me réconfortait
et m'inclinait à donner raison à mes voix intérieures.

Souvent, quand l'orgue s'était tu, nous demeurions assis dans l'église, à regarder la faible lumière
se glisser par les hautes fenêtres gothiques et se
perdre dans la nef.

« N'est-il pas drôle, me dit une fois Pistorius,
que j'aie été théologien ? Dire qu'il s'en est fallu
de peu que je devienne pasteur ! Ce ne fut cependant qu'une erreur de forme que je commis alors.
Etre prêtre, telle est ma vocation, tel est mon but.
Mais j'ai fixé mon choix trop vite et je me suis
mis à la disposition de Jéhovah avant de connaître
Abraxas. Ah ! toutes les religions sont belles ! La
religion est âme, que l'on communie selon le rite
chrétien, ou que l'on aille en pèlerinage à La Mec-
que !

— Vous auriez pu devenir pasteur quand même,
remarquai-je.

— Non, Sinclair, non. Il m'aurait fallu mentir.
Notre religion est pratiquée comme si elle n'en
était pas une. Il semble qu'elle soit affaire de pure

raison. A la rigueur, j'aurais pu être catholique, mais prêtre protestant, non ! Les quelques véritables croyants — j'en connais quelques-uns — s'en tiennent volontiers à la lettre. Je ne pourrais leur dire que, pour moi, le Christ n'est pas une personne, mais un héros, un mythe, une ombre immense sur le mur de l'éternité, en laquelle l'humanité elle-même se voit peinte. Et quant aux autres, à ceux qui vont à l'église pour y entendre une parole raisonnable, pour remplir un devoir, pour ne pas manquer à l'usage, qu'aurais-je pu leur dire ? Les convertir, dites-vous ? Mais cela, je ne le veux en aucune façon. Le vrai prêtre ne veut pas convertir. Il ne veut vivre que parmi des croyants, parmi ses semblables. Il ne veut être que le porteur du sentiment dont nous faisons nos dieux. »

Il s'interrompit. Puis il continua :

« Notre nouvelle croyance, pour laquelle nous choisissons maintenant le nom d'Abraxas, est belle, cher ami. C'est ce que nous avons de meilleur. Mais elle est encore trop jeune. Ses ailes n'ont pas encore poussé. Ah ! une religion peu connue, ce n'est pas tout à fait l'idéal non plus. La religion doit être commune à tous. Elle doit avoir un culte, des fêtes, des bacchanales et des mystères ! »

Il s'absorba dans une profonde méditation.

« Ne peut-on célébrer aussi des mystères seul ou dans un cercle restreint ? demandai-je en hésitant.

— Certes, on le peut, répondit-il. J'en célèbre depuis longtemps. J'ai célébré des cultes pour lesquels j'aurais été condamné à des années de maison de correction, si on l'avait su. Mais je sais, ce n'est pas encore ce qu'il convient de faire. »

Tout à coup, il me frappa sur l'épaule, ce qui me fit tressauter.

« Mon petit, me dit-il d'un ton pénétrant, vous aussi vous avez des mystères. Vous devez avoir des rêves que vous me taisez. Je ne veux pas les connaître ; mais je vous dis : vivez-les, ces rêves, jouez-les, construisez-leur des autels. Ce n'est pas la perfection, mais c'est un chemin. Je ne sais si, une fois, il sera accordé à vous, à moi, et à quelques autres ; de renouveler le monde — cela, nous le verrons. Mais nous devons le renouveler chaque jour en nous, sinon nous n'arriverons à rien. Pensez-y, Sinclair ! Vous avez dix-huit ans. Vous ne courez pas les filles. Vous devez avoir des rêves d'amour, des désirs d'amour. Peut-être sont-ils de telle nature que vous en êtes effrayé. N'en ayez point peur ! Ils sont ce que vous avez de meilleur. Vous pouvez me croire. J'ai beaucoup perdu du fait qu'à votre âge j'ai violenté mes rêves d'amour. Cela, il ne le faut pas. Quand on connaît Abraxas on n'en a plus le droit. Il n'est aucun désir de notre âme que nous devions craindre ou considérer comme défendu. »

Effrayé, j'objectai :

« Mais l'on ne peut pourtant pas faire tout ce qui vous vient à l'esprit. On n'a pas le droit d'assassiner un homme parce qu'il vous déplaît ! »

Il se rapprocha de moi.

« Selon les circonstances, on en a aussi le droit. La plupart du temps, ce n'est là qu'une erreur. Je ne dis pas que vous deviez faire tout ce qui vous passe par la tête. Non, mais vous ne devez pas rendre nuisibles des pensées de ce genre en les repoussant et en moralisant à leur sujet, car elles ont un sens. Au lieu de se crucifier ou de crucifier un autre, on peut vider solennellement une coupe de vin, en ayant présent à l'esprit le mystère du sacrifice. L'on peut aussi se borner à traiter avec respect et amour ses instincts et ses prétendues tentations. Alors, leur sens se révèle, et tous ont un sens. Quand une inspiration tout à fait folle ou impie vous viendra à l'esprit, Sinclair, quand vous aurez envie de tuer quelqu'un ou de commettre une monstrueuse obscénité, alors dites-vous que c'est Abraxas qui délire en vous. L'homme que vous voudriez tuer n'est pas monsieur Untel ; il n'est qu'un déguisement. Quand nous haïssons un homme, nous haïssons dans son image quelque chose qui réside en nous. Ce que nous ne portons pas en nous, ne peut nous toucher. »

Jamais Pistorius ne m'avait rien dit qui m'eût atteint ainsi au plus secret de moi-même. Je ne pus répondre. Mais ce qui m'avait le plus fortement et le plus étrangement touché dans ses paroles, c'était leur harmonie avec les paroles de Demian que, depuis des années et des années, je portais en moi. Ils ne se connaissaient point l'un l'autre, mais tous deux me disaient la même chose.

« Ce que nous voyons, dit Pistorius doucement, c'est ce qui se trouve en nous. Il n'est point de réalité hors de celle que nous avons en nous. La plupart des hommes ne vivent d'une façon aussi irréelle que parce qu'ils prennent des images extérieures pour la réalité et ne permettent jamais à leur propre monde intérieur de s'exprimer. Sans doute, on peut être heureux ainsi, mais lorsqu'on a appris autre chose, on n'a plus le choix de prendre le che-

156

min de la foule. Sinclair, le chemin de la foule est facile, le nôtre est difficile. Partons, maintenant. »

Quelques jours plus tard, après l'avoir vainement attendu deux fois de suite, je le rencontrai, à une heure avancée du soir, à l'angle d'une rue. Dans le vent froid de la nuit, il cheminait en trébuchant, complètement ivre. Je ne voulus pas l'appeler. Il passa à côté de moi, sans me remarquer, en regardant devant lui avec des yeux fixes et ardents, comme s'il suivait un appel obscur de l'inconnu. Je le suivis tout au long d'une rue. Comme tiré par un fil invisible, il allait devant lui, d'une allure fanatique et cependant fantomale. Tristement, je rentrai à la maison ; je retournai à mes rêves énigmatiques.

« C'est ainsi qu'il renouvelle le monde en lui », pensai-je, mais au même instant, je sentis que c'était là considérer son attitude d'une façon basse et morale. Que savais-je de ses rêves ? Peut-être, dans son ivresse, suivait-il un chemin plus sûr que moi, dans mes angoisses ?

Au cours des récréations, j'avais remarqué qu'un camarade auquel je n'avais pas fait attention jusque-là, recherchait ma présence. C'était un jeune homme d'apparence chétive, avec une maigre chevelure d'un blond roux, et quelque chose de particulier dans son regard et son allure. Un soir, comme je rentrais à la maison, il me guetta au passage, me laissa le dépasser, puis courut après moi et resta debout, devant notre porte d'entrée.

« Que veux-tu de moi ? demandai-je.

— Je voudrais seulement te parler, dit-il timidement. Aie la bonté de faire quelques pas avec
moi. »

Je le suivis et m'aperçus qu'il était très ému et
excité. Ses mains tremblaient.

« Es-tu spirite ? demanda-t-il brusquement.

— Non, Knauer, répondis-je en riant. Jamais de
la vie ! D'où t'est venue une pareille idée ?

— Tu es théosophe, alors ?

— Non plus.

— Ah ! ne sois donc pas si mystérieux ! Je sens
très bien qu'il y a quelque chose de particulier en
toi. On le voit dans tes yeux. Je crois fermement
que tu es en rapport avec les esprits. Ce n'est pas
par curiosité que je te demande cela, Sinclair.
Non ! Moi aussi je suis un chercheur, sais-tu, et je
suis si seul !

— Raconte, alors, lui dis-je d'un ton encou-
rageant. Je ne sais rien au sujet des esprits. Je vis
dans mes rêves, et cela tu l'as senti. Les autres
hommes vivent aussi dans des rêves, mais ils ne
leur sont pas personnels ; c'est là la différence.

— Oui, peut-être, murmura-t-il. Tout dépend du
genre de rêves dans lesquels on vit. As-tu déjà
entendu parler de magie blanche ? »

Je répondis négativement.

« C'est par la magie blanche que l'on arrive à la
domination de soi-même. On peut aussi devenir
immortel et user de sortilèges. Ne t'es-tu jamais
livré à de semblables exercices ? »

Comme je le questionnais avec curiosité à propos de ces exercices, il prit d'abord un air mystérieux. Je m'apprêtai à le quitter ; alors, il me fit
ses confidences.

« Par exemple, quand je veux m'endormir ou me concentrer, je me livre à un exercice de ce genre : je pense, par exemple à un mot, ou à un nom, ou à une figure géométrique. Ensuite je le pense en moi, aussi fortement que je le puis. J'essaie de me le représenter jusqu'à ce que je sente que je l'ai dans ma tête, puis dans mon cou et ainsi de suite, jusqu'à ce que j'en sois complètement rempli. Alors, plus rien ne peut troubler mon repos. ».

Je compris à peu près ce qu'il voulait dire. Mais je sentis qu'il avait encore autre chose sur le cœur. Il était étrangement excité et parlait avec précipitation. Je cherchai à lui faciliter la besogne et bientôt, il osa s'exprimer.

« Tu es chaste aussi, n'est-ce pas ? me demanda-t-il anxieusement.

— Qu'entends-tu par là ? Veux-tu dire : sexuellement ?

— Oui, oui. Moi, voilà deux ans que je suis chaste ; depuis que je connais un peu la doctrine. Avant, j'ai commis une faute, tu sais laquelle. Tu n'as donc jamais été auprès d'aucune femme ?

— Non, répondis-je. Je n'ai pas encore trouvé la vraie.

— Mais, si tu la trouvais, celle dont tu penses qu'elle serait la vraie, coucherais-tu avec elle ?

— Oui, naturellement, si elle y consentait, répondis-je d'un ton quelque peu railleur.

— Oh ! alors, tu es sur une fausse voie. On ne peut développer ses forces intérieures qu'en demeurant complètement chaste. Pendant deux ans, je l'ai été. Deux ans et un peu plus d'un mois. C'est si difficile. Parfois, c'est à peine si je puis le supporter.

— Voyons, Knauer, je ne crois pas que la chasteté soit si terriblement importante !

— Je sais, répondit-il, tous le disent. Mais, de toi je ne l'aurais pas cru. Celui qui veut parcourir la voie supérieure, la voie de l'Esprit, doit demeurer pur, absolument.

—Alors, reste-le. Mais je ne comprends pas pourquoi celui qui cherche à étouffer son instinct sexuel est plus pur qu'un autre. Peux-tu bannir la sexualité de tes rêves et de tes pensées ? »

Il me regarda d'un air désespéré.

« Non, justement pas, Seigneur Dieu ! Et pourtant il le faut ! La nuit, j'ai des rêves que je ne peux raconter à personne, de terribles rêves, tu sais ! »

Je me rappelai ce que Pistorius m'avait dit. J'étais persuadé de la justesse de ses paroles, mais j'étais incapable de les répéter ; je ne pouvais donner un conseil qui ne découlait pas de ma propre expérience, que je n'avais pu mettre moi-même en pratique. Je gardai le silence, humilié de mon impuissance.

« J'ai tout essayé, se lamenta Knauer. J'ai tout essayé, l'eau froide, la neige, la gymnastique, la course, mais tout cela ne sert à rien. Toutes les nuits, je me réveille de rêves auxquels je ne dois absolument pas penser. Et le plus terrible est ceci : tout ce que j'ai acquis au point de vue spirituel, je le perds de cette façon. Je n'arrive plus à me concentrer ni à m'endormir. Souvent, je ne dors pas de toute la nuit. Je ne tiendrai plus longtemps. Mais si, finalement, je ne peux mener le combat jusqu'au bout, si je renonce et me livre de nouveau à l'impureté, alors je serai plus méprisable que les autres qui n'ont jamais lutté. Comprends-tu ? »

Je fis un signe affirmatif, incapable de prononcer aucune parole. Il commençait à m'ennuyer et je m'effrayais moi-même, de n'être pas plus ému par sa misère et son désespoir. Je sentais que je ne pouvais l'aider.

« Alors, tu ne sais rien ? dit-il finalement avec tristesse. (Il était épuisé.) Rien du tout ? Il doit pourtant y avoir un moyen. Comment t'y prends-tu ?

— Je ne puis rien te dire, Knauer. On ne peut s'aider l'un l'autre en pareil cas. Personne ne m'a aidé non plus. Il faut que tu te concentres en toi-même et que tu fasses ce qui t'est dicté intérieurement. Il n'y a point d'autre remède. Si tu es incapable de te trouver toi-même, tu ne trouveras jamais aucun esprit, crois-moi. »

Déçu et devenu subitement muet, le jeune garçon me regarda. Puis, ses yeux brillèrent de haine. Il fit une grimace et cria, plein de rage : « Ah ! tu es un joli saint ! Tu as aussi ton péché, je le sais. Tu te comportes comme un sage et, en secret, tu te plonges dans la même boue que moi et les autres. Tu es un cochon, un cochon comme moi-même ! Tous, nous sommes des cochons ! »

Je le plantai là. Il fit deux ou trois pas à ma suite, puis demeura en arrière, se retourna et s'enfuit. Un sentiment de malaise, mêlé de pitié et de répulsion, m'envahit, sentiment dont je ne pus me défaire qu'une fois arrivé à la maison, dans ma petite chambre. Là, je disposai autour de moi mes quelques peintures et m'abandonnai de nouveau avec une nostalgie ardente à mes propres rêves.

Alors mon rêve survint : je revis la porte de notre maison, le blason, ma mère et la femme étrangère, et je vis ses traits si distinctement que le même soir, je commençai à les dessiner.

Lorsque quelques jours après, le dessin fut terminé, tracé en des quarts d'heure chargés de rêve et comme inconsciemment, je le suspendis le soir au mur, plaçai ma lampe de travail dessous, et demeurai là comme devant un esprit avec lequel je dusse livrer un combat décisif. C'était un visage qui ressemblait au premier, qui ressemblait à mon ami Demian et, par certains traits, à moi-même, aussi. L'un des yeux était nettement plus haut que l'autre ; le regard glissait au-dessus de moi, fixe, lourd de destinée.

Debout, je contemplais l'image, en proie à une telle tension intérieure que je me sentais glacé jusqu'au-dedans de ma poitrine. Je questionnai l'image, je l'accusai, je la caressai, je la priai ; je la nommai mère, je la nommai amante ; je la nommai catin et fille de joie, je la nommai Abraxas. Et des paroles de Pistorius — ou de Demian — me revinrent à l'esprit ; je ne pouvais me rappeler quand elles avaient été prononcées mais je croyais à nouveau les entendre. Elles faisaient allusion au combat de Jacob avec l'ange de Dieu et aux mots : « Je ne te laisserai point que tu ne m'aies béni. »

A chaque invocation, le visage peint se transformait à la lumière de la lampe. Il devint clair et lumineux ; il s'assombrit ensuite, baissa de blêmes paupières sur des yeux mourants, les ouvrit de nouveau et jeta des regards ardents. Il était homme, il était femme, il était jeune fille, petit enfant, animal. Il s'effaça jusqu'à ne former qu'une tache. Il redevint grand et clair. Finalement, obéissant à un appel intérieur irrésistible, je fermai les yeux et, plus puissante encore, je vis alors l'image en moi. Je voulais m'agenouiller devant elle, mais elle était si bien imprimée en moi-même que je ne pouvais l'en détacher, comme si elle fût devenue mon propre moi.

Alors, j'entendis un bruissement puissant, semblable à celui d'une tempête printanière et je me mis à trembler en proie à un sentiment nouveau, indescriptible d'angoisse et de plénitude. Des étoiles brillèrent devant moi et s'éteignirent. Des souvenirs de ma toute première enfance, complètement effacés, et même des réminiscences d'existences précédentes, de degrés antérieurs du devenir, émergèrent des profondeurs de mon inconscient, et ces images, telles un flot, s'écoulèrent devant moi. Mais ces souvenirs qui semblaient répéter ma vie tout entière, jusque dans ses parties les plus secrètes, ne cessaient pas avec hier et aujourd'hui. Ces visions allaient plus loin. Elles reflétaient l'avenir. Elles m'entraînaient loin du présent dans de nouveaux modes d'existence dont les images étaient extrêmement claires et éblouissantes, mais, plus tard, je ne pus me rappeler aucune nettement.

Dans la nuit, je me réveillai d'un profond sommeil. J'étais encore habillé, couché en travers de mon lit. Je fis de la lumière, sentis que je devais réfléchir à quelque chose d'important, mais ne me rappelai rien des heures précédentes. Peu à peu, la mémoire me revint. Je cherchai l'image. Elle n'était plus suspendue au mur et ne se trouvait pas non plus sur la table. Alors, je crus me rappeler

163

l'avoir brûlée. Ou bien était-ce en rêve que je l'avais brûlée dans mes mains pour en absorber les cendres ?

Une grande agitation m'envahit. Mû par je ne sais quelle impulsion mystérieuse, je mis mon chapeau, sortis de la maison et descendis la rue. Comme poussé par la tempête, je parcourus des rues et des places, m'arrêtai pour écouter devant l'église sombre de mon ami, cherchai et cherchai encore je ne savais quoi, guidé par un instinct obscur. J'arrivai ainsi jusqu'à un faubourg où habitaient des filles. Çà et là, des lumières brillaient encore. Plus loin se dressaient des constructions neuves et des tas de tuiles recouverts en partie de neige grisâtre. Et, comme un somnambule, je parcourus ce lieu désert, toujours possédé par une force étrangère. Je me souvins de la maison en construction dans ma ville natale où mon bourreau Kromer m'avait entraîné pour y régler nos premiers comptes. Dans le brouillard, une bâtisse semblable s'élevait devant moi. Le trou noir de sa porte qui bâillait dans la façade m'attira. Je voulus résister et m'éloignai en chancelant sur le sable et les décombres. Mais l'instinct qui me poussait en avant était plus fort. Il me fallait entrer.

En trébuchant sur des planches et des briques cassées, j'arrivai à l'intérieur, désert. Un froid humide et une odeur de pierre émanaient de ce lieu. A part la tache jaune clair que formait un tas de sable, tout était sombre.

Alors j'entendis une voix effrayée me crier : « Pour l'amour de Dieu, d'où viens-tu, Sinclair ? »

Et dans les ténèbres, un homme se dressa à côté de moi comme un esprit, un jeune garçon maigre, et, tandis que mes cheveux se dressaient sur ma tête, je reconnus mon camarade Knauer.

« Que viens-tu faire ici ? me demanda-t-il en proie à une agitation extrême. Comment as-tu pu me trouver ? »

Je ne compris pas.

« Je ne t'ai pas cherché », dis-je, tout engourdi. Chaque parole me coûtait un effort et venait avec peine sur mes lèvres lourdes, gelées et comme mortes.

Il me fixa.

« Tu ne m'as pas cherché ?

— Non. Quelque chose m'a poussé jusqu'ici. M'as-tu appelé ? Tu dois m'avoir appelé. Que fais-tu donc ici ? Il fait nuit. »

Il m'enlaça convulsivement de ses bras minces.

« Oui, nuit. Bientôt, il fera jour. Oh ! Sinclair, tu ne m'as pas oublié ! Peux-tu me pardonner ?

— Quoi donc ?

— Ah ! j'ai été si répugnant ! »

Alors, je me rappelai notre entretien. Avait-il eu lieu il y a quatre ou cinq jours ? Il me semblait qu'un siècle se fût écoulé depuis. Et, subitement, je compris tout, non seulement ce qui s'était passé entre nous, mais aussi ce qui m'avait poussé ici et ce que Knauer avait voulu faire en cet endroit.

« Tu voulais donc te tuer, Knauer ? »

Il frissonna de froid et d'angoisse.

« Oui, je le voulais. Je ne sais pas si j'en aurais eu la force. Je voulais attendre jusqu'au matin. »

Je le tirai dehors. Les premières lueurs horizontales de l'aube luisaient faiblement dans le ciel froid et triste.

Je pris le jeune homme par le bras, l'entraînai un bout de chemin, et ces paroles vinrent sur mes lèvres : « Maintenant, tu vas aller à la maison, et tu ne diras rien à personne. Tu as suivi le mauvais chemin. Nous ne sommes pas des cochons comme tu le pensais. Nous sommes des hommes. Nous créons des dieux et nous luttons avec eux, et ils nous bénissent. »

En silence, nous poursuivîmes notre chemin, et nous nous séparâmes. Lorsque j'arrivai à la maison, le jour était venu.

Les meilleures heures de mon séjour à St... furent celles que je passai encore avec Pistorius dans l'église ou devant sa cheminée. Nous lûmes ensemble un texte grec sur Abraxas. Il me lut un fragment des Vedas et m'apprit à prononcer le « Om » sacré. Ce n'était toutefois pas cette érudition qui contribuait à mon développement intérieur, mais plutôt le contraire. Ce qui me faisait du bien, c'était la lente découverte de moi-même, la confiance croissante en mes propres rêves et pressentiments, et la révélation progressive de la puissance que je portais en moi.

Avec Pistorius, je m'entendais à tous les points de vue. Je n'avais qu'à penser à lui avec intensité et je pouvais être sûr qu'il viendrait ou qu'il m'enverrait un mot. Sans qu'il fût là, je pouvais le questionner, comme Demian. Il me suffisait de me le représenter fortement et de lui poser mes questions, en y concentrant toute ma pensée. Alors, la force psychique contenue dans la question me revenait comme réponse. Mais ce n'était pas la personne de Pistorius que je me représentais, ni celle de Max Demian ; c'était l'image rêvée et peinte par moi, la figure de rêve à demi homme, à demi femme de mon démon, que je devais invoquer. Elle ne vivait plus dans mes rêves seulement, et peinte sur le papier, mais en moi, tel un désir intérieur et une expression exaltée de moi-même.

Mes rapports avec le suicidé manqué, Knauer, étaient très particuliers et parfois comiques. Depuis la nuit où j'avais été envoyé vers lui, il m'était resté dévoué comme un serviteur ou un chien fidèle. Il cherchait à rattacher sa vie à la mienne et me suivait aveuglément. Il arrivait chez moi avec les questions et les désirs les plus bizarres. Il voulait voir des esprits, voulait être initié à la Cabale et se refusait à me croire lorsque je l'assurais que je ne connaissais rien à tout cela. Il m'attribuait toute sorte de pouvoirs extraordinaires. Mais, fait étrange, il arrivait toujours, avec ses questions bizarres et saugrenues, au moment où j'avais une énigme à résoudre, et ses idées et ses propositions fantaisistes m'en fournissaient souvent la clef. Souvent, il m'importunait et je le renvoyais impérieusement. Mais je sentais que lui aussi m'avait été envoyé ; ce que je lui donnais me revenait, accru. Lui aussi était un guide ou un chemin. Les ouvrages et les écrits insensés qu'il m'apportait et dans lesquels il cherchait son salut, m'apprenaient davantage que je ne le croyais de prime abord.

Sans que je l'aie regretté, Knauer disparut plus tard de mon chemin. Avec lui, une explication ne fut pas nécessaire. Elle le fut avec Pistorius. Vers la fin de ma période d'études à St... je vécus encore avec lui un événement singulier.

Même aux hommes inoffensifs, il arrive, une fois

ou deux dans leur vie, d'entrer en conflit avec les belles vertus de piété et de reconnaissance. Chacun doit, une fois, faire le pas qui le sépare de son père, de ses maîtres. Chacun doit éprouver la dureté de la solitude, bien que la plupart des hommes la supportent mal et, bientôt, se réfugient à nouveau auprès de leurs semblables. Avec mes parents et le monde lumineux de ma belle enfance, je n'avais pas rompu de façon violente. Peu à peu et presque insensiblement, je m'en étais éloigné ; ils m'étaient devenus toujours plus étrangers. Cela me peinait et rendait souvent amères mes visites au foyer paternel, mais sans m'affliger profondément. C'était supportable.

Mais, lorsque, non par habitude, mais spontanément, nous avons offert amour et vénération, quand, de notre propre mouvement, nous sommes devenus disciples et amis, il est amer et terrible le moment où, subitement, nous croyons nous apercevoir que le courant qui nous entraîne va nous arracher à l'être aimé. Alors chaque pensée qui repousse le maître et l'ami pénètre, tel un dard empoisonné, dans notre propre cœur, chaque coup que nous portons pour nous défendre nous atteint en plein visage. Alors, celui qui croyait posséder une moralité suffisante se voit contraint de s'appliquer les mots infamants d' « infidèle » et d' « ingrat », et son cœur se réfugie, plein d'angoisse, dans les chères vallées des vertus de son enfance, se refusant à croire qu'une telle rupture ait été consommée, qu'un tel lien ait dû être brisé.

Lentement, un sentiment de résistance à l'égard de Pistorius avait surgi en moi. Je ne pouvais plus le reconnaître pour mon guide unique. Ce que m'avaient apporté les mois les plus importants de ma jeunesse, c'était son amitié, ses conseils, ses consolations, sa présence. Par sa bouche, Dieu m'avait parlé. Il avait éclairci, interprété mes rêves. Il m'avait rendu la confiance en moi-même. Et, maintenant, je sentais croître en moi lentement des résistances à son égard. Sa conversation était trop savante. Je sentais qu'il ne comprenait vraiment qu'une partie de moi-même.

Il n'y eût entre nous aucune scène, aucune dispute, pas même de règlement de comptes. Je me bornai à lui dire une seule parole, insignifiante, mais cela au moment même où entre nous une illusion s'émiettait.

Cette scène, dont j'avais eu le pressentiment oppressant, eut lieu un dimanche, dans sa vieille chambre de savant. Nous étions étendus sur le plancher devant le feu. Il m'entretenait de mystères et de formes religieuses disparues qu'il étudiait, qu'il méditait et dont la réalisation possible l'occupait. Quant à moi, tout cela me semblait plus curieux et intéressant que vivant et sentait l'érudition, les recherches pénibles dans les ruines de mondes écroulés. Et, tout à coup, j'éprouvai un sentiment de répugnance pour ce culte des mythologies, cette mosaïque de croyances traditionnelles.

« Pistorius, dis-je tout à coup avec une méchanceté qui me surprit et m'effraya moi-même, vous devriez de nouveau me raconter un rêve, un vrai rêve que vous aurez fait la nuit. Ce dont vous me parlez là sent si terriblement la boutique d'antiquaire ! »

Jamais, il ne m'avait entendu parler ainsi et en

un éclair, je sentis avec honte et effroi que la flèche que je venais de lui décocher et qui l'avait atteint en plein cœur, était empruntée à ses propres armes, et que je venais de lui lancer là, sous une forme plus affilée, un reproche que souvent je l'avais entendu s'adresser à lui-même en termes ironiques.

Il le sentit aussitôt et se tut subitement. Le cœur angoissé, je le regardai et le vis pâlir d'une façon effrayante.

Après un long et pesant silence, il ajouta une nouvelle bûche au feu et me dit calmement : « Vous avez tout à fait raison, Sinclair. Vous êtes un garçon intelligent. Désormais, je ne vous importunerai plus avec mes antiquailles. »

Il s'exprimait avec une grande tranquillité, mais je sentis combien profondément il avait été blessé. Qu'avais-je fait !

Les larmes étaient près de me monter aux yeux. Je voulus lui parler affectueusement, lui demander pardon, l'assurer de mon affection, de ma tendre reconnaissance. Des mots touchants me venaient à l'esprit, mais je ne pus les dire. Je restai étendu, fixai le feu et gardai le silence. Et il fit de même. Nous demeurâmes étendus devant le feu qui se mourait et, avec chaque tison qui s'éteignait, je sentais quelque chose de beau et de tendre s'évanouir à jamais.

« Je crains que vous ne m'ayez mal compris, Pistorius », dis-je finalement, très abattu, d'une voix sèche et rauque. Ces paroles stupides, vides de sens, me vinrent sur les lèvres mécaniquement, prononcées comme si j'avais lu à haute voix un roman-feuilleton.

« Je vous ai très bien compris, répondit-il douce-ment. Vous avez raison... — Il garda un instant le silence, puis reprit lentement — ... pour autant qu'un homme puisse avoir raison contre un autre. »

« Non, non, cria une voix en moi, j'ai tort ! » Mais j'étais incapable d'articuler ces mots. Je savais que par l'unique et brève parole prononcée, j'avais mis l'accent sur un point vulnérable, doulou-reux. J'avais touché le point où il lui fallait se défier de lui-même... Son idéal sentait « la boutique d'antiquaire ». Il cherchait la vérité dans le passé. Il était un romantique. Et, soudainement, cette pensée me vint à l'esprit : ce que Pistorius a été pour moi, ce qu'il m'a donné, il n'a pu l'être pour lui-même, se le donner à lui-même. Il m'a conduit sur un chemin que lui, mon guide, devait aban-donner.

Dieu sait comment peut naître une parole de ce genre ! Je n'avais eu aucune mauvaise intention. Le pressentiment d'une catastrophe ne m'avait même pas effleuré. J'ignorais, au moment de la prononcer, les conséquences de cette parole. J'avais obéi à une impulsion quelque peu maligne et elle avait été fatale. Par étourderie, j'avais commis une petite méchanceté, et pour lui, ç'avait été un jugement sans appel.

Oh ! combien j'aurais préféré qu'il se fût mis en colère, qu'il se fût défendu, qu'il m'eût injurié. Il n'en fit rien ; il me laissa ce soin. S'il l'avait pu, il aurait souri. Le fait qu'il ne le pût pas me révé-lait à quel point je l'avais blessé.

Et en recevant aussi tranquillement le coup que son élève ingrat venait de lui porter, en se taisant et en reconnaissant que j'avais raison, en acceptant la parole sortie de mes lèvres comme si elle eût été un arrêt du sort, Pistorius me rendit plus haïssable à mes propres yeux et mon étourderie me parut mille fois plus grande encore. Avec ma flèche j'avais cru viser un être fort, capable de riposter, et j'avais atteint un homme faible, sans défense, qui se résignait en silence.

Longtemps encore, nous demeurâmes couchés devant le feu mourant dont chaque tison embrasé, bizarrement tordu, évoquait des heures heureuses, belles et infiniment riches, souvenirs qui accroissaient le sentiment de ma faute à l'égard de Pistorius. Finalement, je ne pus supporter davantage cette situation, me levai et sortis. Je demeurai longuement sur le seuil. Je m'attardai dans l'escalier sombre et devant la maison, dans l'espoir qu'il me rejoindrait et me suivrait. Puis, je me sauvai, et, pendant des heures et des heures, jusqu'au soir, j'errai par la ville et les faubourgs, dans le parc et la forêt. Et alors, pour la première fois, je sentis sur mon front le signe de Caïn.

Ce ne fut que peu à peu que j'en vins à la réflexion. Toutes mes pensées tendaient à m'accuser et à défendre Pistorius, et toutes avaient l'effet contraire. Mille fois, je fus sur le point de regretter mon mot trop prompt et je ne pouvais qu'en constater la justesse. Maintenant seulement, je réussissais à comprendre Pistorius et son rêve. Il avait voulu être prêtre, annoncer la religion nouvelle, trouver de nouvelles formes de culte, découvrir de nouveaux symboles. Mais telle n'était pas sa mission. Il n'en avait pas la force. Il se plaisait trop dans le passé. Il savait trop de choses sur l'Egypte, sur l'Inde, sur Mithra et sur Abraxas. Il était atta-

172

ché à des images qu'une fois déjà le monde avait contemplées. Or, au fond de lui-même, il savait très bien que le nouveau devait être neuf et différent, jaillir du sein de la terre même et non être puisé dans les collections et les bibliothèques. Sa mission consistait peut-être à aider certains hommes à trouver le chemin de leur propre moi, comme il l'avait fait dans mon cas. Mais leur donner la parole de dieux nouveaux n'était pas sa mission.

Et alors, telle une flamme vive, jaillit en moi cette révélation : pour chacun de nous, il est une « mission », mais non une mission qu'il puisse choisir librement et avec laquelle il puisse agir à sa guise. Il était faux de vouloir de nouveaux dieux. Il était complètement faux de vouloir donner quelque chose au monde. Pour un homme conscient, il n'était aucun, aucun autre devoir que celui de se chercher soi-même, de s'affirmer soi-même, de trouver en tâtonnant son propre chemin, quel qu'il fût. Cette révélation qui était le fruit de ma rupture avec Pistorius m'ébranla fortement. Souvent, je m'étais plu à jouer avec les images de l'avenir. Souvent j'avais rêvé de rôles qui devaient m'être assignés, comme poète peut-être, ou comme prophète ou comme peintre. Tout cela était vain ! Pas plus qu'un autre, je n'étais ici-bas pour composer des poèmes ou pour prêcher, ou pour peindre. Tout cela était accessoire. La vraie mission de chaque homme était celle-ci : parvenir à soi-même. Qu'il finisse poète ou fou, prophète ou malfaiteur, ce n'était pas son affaire ; oui, c'était en fin de compte dérisoire ; l'important, c'était de trouver sa propre destinée, non une destinée quelconque, et de la vivre entièrement. Tout le reste était demi-mesure, échappatoire, fuite dans le prototype de la masse et peur de son propre moi. L'idée nouvelle, terrible et sacrée, se présenta à mon esprit, tant de fois pressentie, peut-être souvent exprimée déjà, mais vécue seulement en ce moment même. J'étais un essai de la nature, un essai dans l'incertain, qui, peut-être, aboutirait à quelque chose de nouveau, peut-être à rien ; laisser se réaliser cet essai du sein de l'Inconscient, sentir en moi sa volonté, la faire entièrement mienne, c'était là ma seule, mon unique mission.

Je savais déjà ce qu'est la solitude. Je pressentis qu'il en était de plus profonde encore, qu'elle est inévitable.

Je ne fis rien pour me réconcilier avec Pistorius. Nous restâmes amis, mais nos relations avaient changé. Une fois seulement, nous revînmes sur cette scène et ce fut lui, à vrai dire, qui en parla. Il me dit : « J'ai le désir de devenir prêtre, vous le savez. J'aurais voulu être le prêtre de la religion nouvelle, pressentie par nous. Jamais je ne pourrai l'être, je le sais, et, sans vouloir me l'avouer à moi-même, je le savais depuis longtemps. Je rendrai encore d'autres services de prêtre, peut-être simplement avec ma musique, peut-être d'autre façon, mais il faut toujours que je sois entouré de beauté et d'une atmosphère sacrée. Musique d'orgue et mystère, symbole et mythes, j'ai besoin de cela et je ne veux m'en passer. C'est là ma faiblesse, car je sais parfois, Sinclair, je sais par moments que je ne devrais pas avoir de désirs semblables, qu'ils sont un luxe et une faiblesse. Il serait plus grand, il serait plus juste de me mettre entièrement, sans prétentions, à la disposition du sort, mais je ne le puis pas. C'est la seule chose que je ne puisse pas. Peut-être le pourrez-vous un jour, vous. C'est difficile, c'est la seule vraie difficulté, mon petit. J'en ai rêvé souvent, mais je ne puis pas. J'en frémis. Je ne puis supporter cette solitude et cette nudité complètes. Je suis un pauvre diable, plein de faiblesse, qui a besoin de chaleur et, à l'occasion, de la présence de ses semblables. Or, celui qui, véritablement, ne veut rien d'autre que sa destinée, n'a plus de semblables ; il reste seul, comme Jésus à Gethsémani, entouré seulement des espaces glacés de l'univers. Il y a eu des martyrs qui se sont fait crucifier volontiers, mais ils n'étaient pas des héros. Ils n'étaient pas délivrés. Ils voulaient quelque chose de cher et d'intime. Ils avaient un modèle ; ils avaient un idéal. Mais celui qui ne veut que sa destinée n'a plus ni modèle, ni idéal, ni rien de cher et de consolant autour de lui. Et ce serait ce chemin-là qu'il faudrait prendre. Des hommes comme vous et moi sont bien solitaires, mais ils possèdent la compensation secrète d'être autres, de se rebeller, de vouloir l'impossible. A cela aussi il faut renoncer quand on veut parcourir son chemin jusqu'au bout. Il faut arriver à ne vouloir être ni un révolutionnaire, ni un exemple, ni un martyr. C'est inconcevable. »

Oui, c'était inconcevable, mais on pouvait en rêver, on pouvait le pressentir. Parfois, dans mes heures de solitude, j'en avais l'avant-goût. Alors je regardais en moi et je voyais l'image de ma destinée. Je contemplais ses yeux fixes. Qu'ils fussent pleins de sagesse ou de folie, qu'ils exprimassent l'amour ou la perversité la plus profonde, peu importait. Il ne fallait rien choisir, rien vouloir. Il ne fallait vouloir que soi, que sa propre destinée. C'est en cela que Pistorius m'avait servi de guide sur une partie de mon chemin.

Ces jours-là, j'errais comme un aveugle. La tempête grondait en moi. Chacun de mes pas était danger. Devant moi, je ne voyais que l'obscurité de l'abîme où se perdaient tous les chemins. Et, en moi, je voyais l'image du guide qui ressemblait à Demian et dans les yeux duquel était inscrite ma destinée.

J'écrivis sur un morceau de papier : « Un guide vient de m'abandonner. Je suis dans des ténèbres complètes. Seul, je ne puis faire un pas. Viens à mon secours ! »

J'avais l'intention d'envoyer ces lignes à Demian, mais j'y renonçai. Chaque fois que je voulais le faire, cela m'apparaissait puéril et dénué de sens. Mais je savais la petite prière par cœur et souvent, je la prononçais mentalement. Elle m'accompagnait constamment. Je commençai à pressentir ce qu'est la prière.

Ma période scolaire touchait à sa fin. Il avait été décidé par mon père que, durant les vacances, je ferais un voyage et que j'entrerais ensuite à l'Université. Dans quelle faculté, je l'ignorais encore. Un semestre de philosophie m'avait été accordé. N'importe quelle autre branche m'eût également contenté.

ÈVE

Pendant les vacances, je me rendis un jour à la maison que Max Demian et sa mère avaient habitée autrefois. Une vieille femme se promenait dans le jardin. Je lui adressai la parole et appris que la maison lui appartenait. Je la questionnai au sujet de la famille Demian. Elle s'en souvenait fort bien, mais elle ignorait où ils vivaient maintenant. Ayant remarqué mon intérêt à leur égard, elle me conduisit dans la maison, prit un album en cuir et me montra la photographie de la mère de Demian. C'est à peine si je me la rappelais, mais, en voyant la petite photographie, mon cœur s'arrêta de battre. C'était là l'image de mes rêves ! C'était elle, la grande figure de femme, presque masculine, ressemblant à son fils, à la fois maternelle et sévère et profondément passionnée, belle et attirante, belle et inaccessible, démon et mère, destinée et amante ! C'était elle !

Un sentiment délirant de joie et de surprise m'envahit en apprenant que l'image de mes rêves vivait réellement sur la terre. Il y avait une femme qui était ainsi, qui avait les traits de ma propre destinée. Où était-elle, où ? Et elle était la mère de Demian !

Peu après, je partis en voyage. Ce fut un voyage étrange. J'errai d'un endroit à un autre, sans séjourner nulle part, en obéissant au caprice du moment, toujours à la recherche de cette femme. Il y avait des jours où, dans des rues de villes étrangères, dans des gares, dans des wagons de chemin de fer, je rencontrais des figures qui me la rappelaient, qui lui ressemblaient, qui m'attiraient, comme dans un rêve embrouillé. Il était d'autres jours où je me rendais compte combien mes recherches étaient vaines. Alors je restais assis, oisif, dans un parc quelconque, dans un jardin d'hôtel ou dans une salle d'attente, et là, je m'absorbais en moi-même et je m'efforçais de me représenter son image d'une façon tout à fait vivante. Mais elle était devenue vague, fugitive. Je ne pouvais plus dormir. Ce n'était qu'en chemin de fer, en roulant à travers des contrées inconnues, qu'il m'arrivait de sommeiller pendant un moment. Un jour, à Zurich, une femme me suivit, une jolie femme d'aspect provocant. Je la regardai à peine et, comme si elle eût été une ombre, je continuai mon chemin. Je serais mort plutôt que d'accorder à une autre femme ne fût-ce qu'une heure d'attention.

Je sentais que ma destinée me poussait ; je sentais l'accomplissement proche et j'étais fou d'impatience de ne pouvoir rien y faire. Un jour, dans une gare — c'était à Innsbruck, je crois —, je vis à la portière d'un train qui s'ébranlait une figure qui rappelait mon image et, des jours durant, je fus malheureux. Alors, tout à coup, la figure me réapparut une nuit, dans un rêve. Je me réveillai solitaire, humilié, avec le sentiment de l'inanité de mes recherches et directement, je repris le chemin de la maison.

Quelques semaines après, je me fis inscrire à l'université de H... Tout me déçut. Le cours d'histoire de la philosophie auquel j'assistai me sembla aussi vide et mécanique que l'existence des étudiants. Tout se faisait d'après le même patron. Chacun imitait l'autre, et la gaieté échauffée que reflétaient les jeunes visages me parut factice, artificielle à un degré affligeant. Mais j'étais libre ! J'avais toute ma journée pour moi. Tout près des vieux remparts, j'avais trouvé une chambre jolie et tranquille, et, sur ma table, il y avait quelques volumes de Nietzsche. C'était avec lui que je vivais, conscient de sa solitude intérieure, de la fatalité qui, inexorablement, le poussait, je compatissais, et j'étais heureux qu'un homme eût vécu qui avait suivi sa propre voie aussi inflexiblement.

A une heure avancée, dans le vent d'automne, je flânais un soir à travers la ville, en écoutant les chansons de sociétés d'étudiants qui résonnaient dans les salles de cabarets. Par les fenêtres ouvertes, la fumée du tabac se répandait dans la rue avec le chant puissant et rythmé, mais sans élan, sans vie, uniforme.

Debout à un coin de rue, près de deux cabarets, j'écoutais s'épancher dans la nuit la gaieté mécanique des jeunes gens. Partout, l'on se réunissait, l'on se groupait, l'on fuyait sa destinée, l'on se réfugiait dans la chaude atmosphère du troupeau.

Deux hommes me dépassèrent lentement. Je surpris un fragment de leur conversation.

« Cela ne ressemble-t-il pas tout à fait aux assemblées de jeunes gens dans les villages nègres ? demanda l'un d'eux. Tout est identique, même le tatouage. C'est là notre jeune Europe, voyez-vous ! »

Cette voix me sembla étrangement connue. Je suivis les deux hommes dans la rue sombre. L'un d'eux était un Japonais, petit et élégant. A la lumière d'un réverbère, je vis briller son visage jaune et souriant.

L'autre reprit :

« Chez vous, au Japon, cela ne doit pas être mieux. Les hommes qui ne se rassemblent pas en troupeau sont rares partout. Ici, il y en a quelques-uns aussi. »

Chacune de ces paroles me pénétra d'une crainte joyeuse. En celui qui venait de parler, j'avais reconnu Demian.

Dans la nuit pleine de vent, je les suivis, lui et le Japonais le long des rues obscures. J'écoutai leur conversation et je me réjouis d'entendre de nouveau la voix de Demian. Elle avait toujours le même timbre, la même assurance, le même calme qu'autrefois et elle exerçait toujours sur moi la même puissance. Maintenant, tout était bien : je l'avais retrouvé.

A l'extrémité d'une rue de faubourg, le Japonais prit congé de lui et ouvrit la porte d'une maison. Demian revint sur ses pas. Je m'étais arrêté et l'attendais au milieu de la rue. Avec un battement de cœur, je le vis venir à ma rencontre, droit et souple, dans un imperméable brun, une canne mince au bras. Il arriva tout près de moi, toujours du même pas régulier, enleva son chapeau et découvrit son visage serein d'autrefois, avec sa bouche décidée et cette clarté particulière sur son large front.

« Demian ! » m'écriai-je.

Il me tendit la main.

« Ah ! te voilà enfin, Sinclair ! Je t'attendais.

— Tu savais donc que j'étais ici ?

— Je ne le savais pas, à proprement parler, mais j'avais le ferme espoir que tu viendrais. Je t'ai vu ce soir seulement. Tu nous as suivis tout le temps.

— Tu m'as donc reconnu tout de suite ?

— Naturellement. Tu as certes changé, mais tu as le signe.

— Le signe ? Quel signe ?

— Nous l'appelions autrefois le signe de Caïn, si tu t'en souviens bien, encore. C'est notre signe. Tu l'as toujours eu sur le front, c'est pourquoi je suis devenu ton ami. Mais il est plus net maintenant.

— Je ne le savais pas. Ou plutôt, si... Un jour, j'ai peint ton visage, Demian, et j'ai été surpris en voyant que cette image me ressemblait aussi. Etait-ce à cause du signe ?

— Oui. Je suis content que tu sois là. Ma mère va se réjouir aussi. »

J'éprouvai un sentiment de frayeur.

« Ta mère ? Elle est ici ? Mais elle ne me connaît pas du tout.

— Oh ! elle a entendu parler de toi. Elle te reconnaîtra même si je ne lui dis pas qui tu es. Il y a bien longtemps que tu ne m'as donné de tes nouvelles.

— Souvent, j'ai voulu t'écrire, mais j'en étais incapable. Depuis quelque temps, je sentais que je te retrouverais bientôt. Tous les jours, je t'ai attendu. »

Il me prit par le bras et nous continuâmes notre chemin. Un grand calme émanait de son contact et me pénétrait. Bientôt, nous nous remîmes à parler comme par le passé. Nous évoquâmes les heures d'école, l'enseignement préparatoire à la confirmation, et aussi cette malheureuse rencontre pendant mes vacances à la maison, mais il ne fut pas question du premier lien, le plus intime, de mon aventure avec Frantz Kromer.

Peu à peu, notre entretien prit un ton étrange et prophétique. Ayant repris la conversation de Demian avec le Japonais, nous parlâmes de la vie des étudiants, et de là, nous arrivâmes à un sujet qui semblait en être bien éloigné, mais, dans les paroles de Demian, il y avait entre ces deux thèmes un rapport étroit.

Il parla de l'esprit de l'Europe et du caractère de notre époque. Partout, disait-il, régnait l'esprit de troupeau, mais nulle part l'amour et la liberté. Toutes ces communautés, les sociétés d'étudiants et les sociétés de chant comme les Etats, étaient nées de la contrainte, de la crainte, de l'embarras. Elles étaient pourries intérieurement et prêtes à s'écrouler.

« La communauté en soi, dit Demian, est belle. Mais ce que nous voyons partout se développer, ce n'est pas la communauté véritable. Elle naîtra du rapprochement de certains individus et elle transformera le monde pour quelque temps. Ce qu'on appelle communauté n'est que formation grégaire.

Les hommes se réfugient les uns auprès des autres parce qu'ils ont peur les uns des autres. Chacun pour soi ! les patrons pour eux, les ouvriers pour eux, les savants pour eux ! Et pourquoi ont-ils peur ? L'on a peur uniquement quand on n'est pas en accord avec soi-même. Ils ont peur parce qu'ils ne sont jamais parvenus à la connaissance d'eux-mêmes. Ils se rassemblent parce qu'ils ont peur de l'inconnu qui est en eux. Ils sentent que leurs principes sont surannés, qu'ils vivent d'après de vieilles Tables de la Loi et que ni leurs religions ni leurs morales ne répondent aux nécessités présentes. Depuis plus d'un siècle, l'Europe ne fait qu'étudier et construire des usines. On sait exactement combien il faut de grammes de poudre pour tuer un homme mais on ne sait plus comment on prie ; on ne sait même plus comment se divertir pendant une heure seulement. Entre une fois dans un cabaret d'étudiants ou dans un lieu de plaisirs destiné aux gens riches. C'est lamentable ! Mon cher Sinclair, tout cela ne peut engendrer rien de bien gai. Ces hommes qui se rassemblent si anxieusement sont pleins de crainte et de méchanceté. Aucun d'eux ne se fie à l'autre. Ils restent attachés à des idéaux qui n'en sont plus et lapident celui qui en révèle un nouveau. Je sens qu'il existe des conflits. Ils éclateront bientôt, crois-moi. Ils n'amélioreront pas le monde. Que les ouvriers tuent les fabricants ou que la Russie et l'Allemagne se jettent l'une sur l'autre, il n'en résultera qu'un changement de possesseurs. Mais ce bouleversement ne sera pas vain. Il nous rendra conscients de la médiocrité des idéaux actuels. Nous serons débarrassés des dieux de l'âge de la pierre.

Le monde, tel qu'il est aujourd'hui, veut mourir, veut s'effondrer, et ainsi en sera-t-il.

— Et qu'adviendra-t-il de nous ? demandai-je.

— Oh ! peut-être périrons-nous avec lui. Nous aussi, nous pouvons être tués. Mais notre esprit et notre œuvre ne sauraient mourir. Autour de ce qui subsistera de nous, ou bien autour de ceux qui nous survivront, se concentrera la volonté de l'humanité, cette volonté que l'Europe a étouffée pendant si longtemps par les cris de la foire à la technique et à la science. Et il sera révélé que la volonté de l'humanité n'a jamais été celle des communautés actuelles, des Etats, des peuples et des églises. Mais le but que la nature tend à atteindre par l'humanité est écrit en chaque individu, en toi et en moi. Il était écrit en Jésus, il l'était en Nietzsche. Quand les communautés actuelles auront disparu, alors ces courants, seuls importants, qui, naturellement, peuvent se présenter chaque jour sous un autre aspect, trouveront la place qui leur est nécessaire. »

Nous nous arrêtâmes — tard — devant un jardin au bord de la rivière.

« C'est ici que nous habitons, me dit Demian. Viens bientôt. Nous t'attendons. »

Joyeux, je refis dans la nuit devenue fraîche le long chemin du retour. De loin en loin, je rencontrai des étudiants qui rentraient bruyants et titubants à travers la ville. Souvent, il m'était arrivé de considérer le contraste entre leur conception stupide de la gaieté et ma vie solitaire avec un sentiment soit d'envie, soit d'ironie. Mais jamais comme ce jour-là, je n'avais senti avec plus de calme et de force secrète combien peu leur façon de vivre me concernait, comme j'étais mort à leur monde. Je me rappelai certains fonctionnaires de notre petite ville, de vieux messieurs respectables, qui se souvenaient avec émotion, comme d'un paradis perdu, de leur existence d'étudiant et de leurs séances au cabaret et qui célébraient avec un enthousiasme religieux l'heureuse liberté de cette période de leur vie, comme des poètes ou d'autres romantiques célèbrent leur enfance. Partout c'était pareil ! Tous cherchaient la « liberté » et le « bonheur » quelque part derrière eux, dans le passé, de crainte qu'on leur rappelât leur propre responsabilité, de crainte qu'on les exhortât à suivre leur propre chemin. Pendant quelques années, on buvait et on faisait du tapage ; ensuite, on se rangeait et on devenait un monsieur sérieux, fonctionnaire de l'Etat. Oui, tout était pourri, pourri chez nous, et ces sottises d'étudiants étaient moins stupides et moins néfastes que des centaines d'autres.

Lorsque je fus arrivé dans mon logis lointain et que je fus couché, toutes ces pensées s'évanouirent, et mon âme se concentra dans l'attente de la grande promesse qui m'avait été faite ce jour-là. Aussitôt que je le voudrais, le lendemain peut-être, je verrais la mère de Demian. Les étudiants pouvaient continuer à s'enivrer et à se tatouer ; le monde pouvait être pourri et prêt à s'effondrer, en quoi cela me regardait-il ? J'attendais uniquement que ma destinée vînt au-devant de moi, incarnée en une image nouvelle.

Je dormis profondément jusqu'au lendemain. Ce jour-là se leva pour moi comme un jour de fête solennel, impression que je n'avais plus éprouvée depuis les Noëls de mon enfance. J'étais en proie à une certaine agitation intérieure, mais je ne ressentais aucune crainte. Je me rendais compte qu'un jour important était venu pour moi. Autour de moi, je voyais, je sentais le monde transformé, lui aussi dans une attente solennelle, et en accord mystérieux avec mon âme. La pluie d'automne qui tombait, fine et tranquille, avait aussi ce caractère de jour de fête, était pleine d'une musique à la fois grave et joyeuse. Pour la première fois de ma vie, le monde extérieur s'harmonisait complètement avec mon univers intérieur. C'est alors que l'âme célèbre son jour de fête ; c'est alors qu'il vaut la peine de vivre ! Rien dans la rue, aucune maison, aucun étalage, aucun visage ne me choquait. Tout était comme il le fallait, mais ne présentait pas la face vide du quotidien, de l'habituel ; au contraire, tout était nature en attente et se tenait prêt, plein de respect devant la destinée. Lorsque j'étais enfant, c'est ainsi que m'apparaissait le monde le matin des grandes fêtes, à Noël et à Pâques. J'avais oublié que le monde pût être si beau. Je m'étais habitué à vivre replié sur moi-même, j'avais tâché de me persuader que le monde extérieur avait perdu tout attrait pour moi, que la perte de ses brillantes couleurs coïncidait inévitablement avec la perte de l'enfance et qu'il fallait payer de ce sacrifice la virilité et la liberté de l'âme. Maintenant, je constatais avec ravissement que je m'étais trompé et qu'il était possible, étant parvenu à la liberté et ayant renoncé à son bonheur d'enfant, de revoir le monde avec les yeux émerveillés de l'enfance.

Enfin, j'atteignis le jardin de faubourg où, la veille, j'avais quitté Max Demian. Derrière de grands arbres dégouttant de pluie, se cachait une petite maison, claire et confortable, avec une véranda pleine de fleurs. A travers les vitres brillantes des fenêtres, l'on apercevait de sombres parois couvertes de tableaux et de rangées de livres. La porte d'entrée ouvrait directement sur un petit vestibule chauffé. Une vieille servante taciturne, en robe noire et en tablier blanc, me fit entrer et prit mon manteau.

Elle me laissa seul dans le vestibule. Je regardai autour de moi et, aussitôt, je me retrouvai dans mon rêve. Au-dessus d'une porte, sur la boiserie sombre, était suspendue, sous un verre et encadrée de noir, une image bien connue : l'oiseau avec le bec jaune d'épervier, qui s'envolait hors de la coquille du monde. Je demeurai là en proie à une vive émotion, à la fois joyeuse et mélancolique, comme si, en cet instant, me fût parvenue enfin la réponse à tout ce que j'avais fait, à tout ce que j'avais vécu. En un éclair, une foule d'images passèrent devant mon âme : la maison paternelle avec le vieux blason de pierre au-dessus de la porte, Demian adolescent dessinant le blason, et moi aussi, enfant craintif, sous la coupe maléfique de mon ennemi Kromer ; et moi encore, jeune homme, peignant dans ma chambre d'étudiant l'oiseau de ma nostalgie, l'âme prise à son propre piège, et tout revécut en moi, reçut sa réponse, son approbation.

Les yeux humides, je fixais mon image et lisais en moi-même. Puis mon regard s'abaissa. Sous l'oiseau, sur le seuil de la porte, se dressait une femme à la taille élancée, en robe sombre. C'était elle.

Je ne pus prononcer aucune parole. Le visage de la belle et vénérable femme, sans âge comme celui de son fils, et profondément empreint de volonté, me souriait amicalement. Son regard signifiait accomplissement de mes vœux ; son salut, bienvenue au foyer. En silence, je lui tendis les mains. Elle les saisit dans ses mains chaudes et fermes.

« Vous êtes Sinclair ? Je vous ai reconnu tout de suite. Soyez le bienvenu ! »

Sa voix était profonde et chaude. Je la bus comme un vin doux. Alors je la regardai. Je contemplai son visage tranquille, ses yeux noirs insondables, sa bouche fraîche et mûre, son large front royal qui portait le signe.

« Comme je suis heureux ! lui dis-je et je baisai ses mains. Il me semble avoir été en chemin ma vie entière et, maintenant, être arrivé à la maison. »

Elle eut un sourire maternel.

« Jamais on n'arrive à la maison, dit-elle amicalement, mais, là où des chemins amis se rencontrent, on a l'impression passagère que le monde entier est transformé en patrie. »

Elle exprimait là ce que j'avais éprouvé lorsque j'étais en chemin vers elle. Sa voix et ses paroles rappelaient celles de son fils et, cependant, elles étaient autres. Tout en elle présentait plus de maturité, plus de chaleur, semblait plus naturel. Mais, de même qu'autrefois Max n'avait fait à personne l'impression d'être un enfant, sa mère ne paraissait pas du tout la mère d'un grand fils. Il émanait tant de jeunesse et de douceur de son visage, de sa chevelure, de sa peau sans ride et de son teint doré, de sa bouche fraîche ! Plus majestueuse encore que dans mon rêve, elle se dressait

188

devant moi, et sa présence était bonheur d'aimer, son regard, accomplissement.

Telle était la nouvelle image en laquelle s'incarnait ma destinée, non plus sévère, non plus solitaire, mais ayant atteint sa maturité et riche en joies. Je ne pris aucune résolution, ne prononçai aucun vœu. J'étais arrivé à un but, à une croisée de chemins d'où l'on apercevait la route qui restait à parcourir, large et magnifique, conduisant vers la terre promise ; elle était ombragée par les arbres d'un bonheur proche, rafraîchie par des jardins de délices. Quoi qu'il pût m'arriver, j'étais heureux que cette femme existât, heureux de boire sa voix, heureux de respirer sa présence. Qu'elle fût pour moi mère, amante ou déesse, peu importait, pourvu qu'elle fût à mes côtés, pourvu que mon chemin passât tout près du sien !

Elle désigna mon épervier.

« Vous avez procuré à Max une bien grande joie en lui envoyant cette image, dit-elle pensivement, et à moi aussi. Nous vous attendions et, lorsque l'image est arrivée, nous avons su que vous étiez en chemin vers nous. Lorsque vous étiez petit garçon encore, Sinclair, mon fils arriva un jour de l'école en disant : « Il y a là-bas un enfant qui a le « signe sur son front. Il faut qu'il devienne mon « ami. » C'était vous. Votre chemin n'a pas été facile, mais nous avons eu confiance en vous. Un jour — vous étiez alors en vacances — vous avez de nouveau rencontré Max. Vous aviez alors seize ans environ. Max m'en a parlé... »

Je l'interrompis :

« Oh ! pourquoi vous a-t-il raconté cela ? C'était mon époque la plus misérable !

— Oui. Max me dit alors : « Maintenant Sinclair
« a la période la plus dure à traverser. Il tente de
« se réfugier dans la communauté. Il est même
« devenu un pilier de cabaret. Mais cela ne lui
« réussira pas. Son signe est dissimulé, mais il le
« brûle en secret. » N'en était-il pas ainsi ?

— Oh ! oui, exactement ainsi. Ensuite, je trouvai Béatrice, et après j'eus de nouveau un guide.
Il s'appelait Pistorius. C'est alors seulement que je
compris pourquoi, dans mon enfance, je m'étais
si fort attaché à Demian et pourquoi je ne
pouvais me détacher de lui. Chère madame,
chère mère ! j'ai souvent cru alors que je devais
me supprimer. Le chemin est-il aussi dur pour
tous ? »

Elle me caressa légèrement les cheveux.

« Il est toujours dur de naître. Vous savez que
l'oiseau a de la peine à sortir de l'œuf. Questionnez
votre mémoire et demandez-vous si le chemin était
vraiment si dur. Etait-il seulement difficile, ou
beau, aussi ? En connaîtriez-vous de plus beau, de
plus facile ? »

Je secouai la tête.

« C'était dur, fis-je comme en dormant. Ce fut
dur jusqu'au moment où vint le rêve. »

Elle fit un signe de tête et me fixa d'un regard
pénétrant.

« Oui, chacun doit trouver son rêve. Alors son
chemin devient facile. Mais il n'est point de rêve
éternel. A chacun de nos rêves en succède un autre,
et l'on ne doit s'attacher à aucun d'eux. »

Je fus saisi d'un sentiment de crainte. Etait-ce
là déjà un avertissement ? Etait-ce une défense ?
Mais qu'importe ! j'étais prêt à me laisser guider

par elle et à ne pas poser de question au sujet du but.

« Je ne sais, dis-je, pendant combien de temps durera mon rêve. Je voudrais qu'il fût éternel. Au-dessous de l'image de l'oiseau, ma destinée m'a accueilli comme une mère, comme une amante. C'est à elle que j'appartiens et à nul autre.

— Aussi longtemps que ce rêve sera votre destin, vous devrez lui rester fidèle », approuva-t-elle gravement.

Un sentiment de tristesse me saisit, et le désir ardent de pouvoir mourir en cet instant magique. Je sentais les larmes — depuis si longtemps je n'avais pleuré — sourdre en moi et me gagner. Je me détournai violemment et j'allai à la fenêtre ; là, je fixai d'un regard absent les vases de fleurs.

Derrière moi, j'entendis sa voix, calme et cependant pleine de tendresse, comme une coupe de vin remplie jusqu'aux bords.

« Sinclair, vous êtes un enfant. Votre destinée vous aime bien. Elle vous appartiendra tout à fait, comme vous le rêvez, si vous lui demeurez fidèle. »

Je m'étais dominé et je tournai mon visage vers elle. Elle me tendit la main.

« J'ai quelques amis, dit-elle en souriant, quelques rares amis très proches qui m'appellent Eve. Vous aussi, pouvez m'appeler ainsi, si vous voulez. »

Elle me conduisit à la porte, l'ouvrit et me désigna le jardin en disant : « Vous trouverez Max dehors. »

Sous les grands arbres, je demeurai comme étourdi, en proie à une émotion profonde, plus éveillé ou plus que jamais plongé dans le rêve, je l'ignorais. Doucement, la pluie dégouttait des branches. Je m'enfonçai lentement dans le jardin qui s'étendait le long de la rivière. Enfin je trouvai Demian dans une gloriette. Le torse nu, il se livrait à des exercices de boxe devant un petit sac de sable suspendu au plafond.

Je m'arrêtai, étonné. Demian était superbe ainsi, avec sa large poitrine, sa tête mâle et énergique, ses bras levés, aux puissants muscles tendus. Des hanches, des épaules, des articulations du bras, les mouvements jaillissaient, telles des sources joueuses.

« Demian, m'écriai-je, que fais-tu là ? »

Il sourit joyeusement.

« Je m'exerce. J'ai promis un combat au petit Japonais. Il est agile et malicieux comme un chat, mais il n'aura pas le dernier mot. Je lui dois une toute petite humiliation. »

Il remit sa chemise et son habit.

« Tu as déjà été auprès de ma mère ? demanda-t-il.

— Oui. Quelle mère merveilleuse tu as, Demian ! Eve ! ce nom lui va à la perfection. Elle ressemble à la mère de tous les êtres. »

Il me fixa un moment, songeur.

« Tu sais déjà son nom ? Tu peux en être fier, mon petit. Tu es le seul à qui elle l'ait dit dès la première heure. »

A partir de ce jour-là, je me rendis souvent dans la petite maison, comme un fils et un frère, mais aussi comme un amoureux. Dès que j'avais refermé la porte derrière moi, ou plutôt dès que je voyais de loin les cimes des grands arbres du jardin, je

me sentais plein de bonheur. Au-dehors était la
« réalité », au-dehors il y avait des rues et des maisons, des hommes et des appartements, des bibliothèques et des salles de cours ; mais là, derrière
ces murs, c'était le domaine de l'amour et de l'âme,
du conte et du rêve. Et cependant, nous ne vivions
nullement à l'écart du monde. Dans nos pensées
et nos entretiens, nous demeurions en contact avec
lui, mais de façon spéciale. Ce qui nous séparait
de la majorité des hommes, ce n'étaient pas des
frontières, mais une autre manière de concevoir
les choses. Dans le monde, nous étions destinés à
former une île, peut-être à représenter un modèle,
en tout cas à révéler d'autres possibilités de vie.
Moi qui, si longtemps, avais vécu solitaire, j'appris
à connaître la communauté qui est possible entre
les hommes qui ont goûté le véritable isolement.
Je ne désirais plus m'asseoir à la table des heureux ni prendre part à leurs fêtes. Les communautés des autres ne m'inspiraient plus de jalousie ou
de nostalgie. Et, peu à peu, je fus initié au mystère
de ceux qui portent le « signe ».

Nous, les porteurs du signe, pouvions à bon droit
passer aux yeux du monde pour étranges, insensés
et dangereux. Nous étions des hommes éveillés ou
en train de s'éveiller et nous aspirions à le devenir
toujours plus complètement, tandis que les efforts
des autres, leur recherche du bonheur, consistaient
uniquement à adapter leurs opinions, leurs idéaux,
leurs devoirs, leur vie et leur bonheur à ceux du
troupeau. Chez eux, aussi, il y avait effort, force et
grandeur. Mais alors que, selon notre conception,
nous, les porteurs du signe, nous incarnions la
volonté de la nature dirigée vers l'avenir, le nou-

veau, l'individuel, eux, s'étaient fixé comme but le maintien du passé. Pour eux, l'humanité — qu'ils aimaient comme nous l'aimions — représentait quelque chose d'achevé qui devait être conservé et protégé. Selon nous, l'humanité représentait un avenir lointain vers lequel nous étions en marche, dont l'image n'était connue de personne et les lois écrites nulle part.

A part Eve, Max et moi, appartenaient à notre cercle, de près ou de loin, d'autres chercheurs de genres très différents. Plusieurs d'entre eux suivaient des chemins très particuliers et s'étaient fixé des buts bien définis et étaient très attachés à certaines opinions et à certains devoirs. Parmi eux, il y avait des astrologues et des kabbalistes, et même un disciple du comte Tolstoï, et bien d'autres hommes encore, tendres, timides, vulnérables, adeptes de sectes nouvelles, de méthodes hindoues, végétariens, etc. Avec tous ces gens, nous n'avions de commun, au point de vue spirituel, que le respect que chacun doit éprouver pour le rêve secret d'autrui. Mais ceux qui étudiaient dans le passé de l'humanité dieux et symboles étaient plus près de nous. Ces études me rappelaient souvent celles de mon Pistorius. Ils apportaient des livres, nous traduisaient d'anciens textes, nous montraient d'antiques figures symboliques, nous initiaient à des rites disparus et nous apprenaient à voir, dans ce patrimoine idéal de l'humanité, des rêves où son âme inconsciente pressentait les possibilités de l'avenir. Nous pénétrâmes dans la foule étrange des dieux d'autrefois aux têtes multiples, et nous arrivâmes ainsi jusqu'à l'aube du christianisme. Nous prîmes connaissance des confessions des saints et nous étudiâmes les transformations des religions de peuple à peuple. Et tout ce que nous recueillîmes ainsi nous permit la critique de notre temps et de l'Europe actuelle dont les efforts gigantesques avaient tendu à forger à l'humanité de nouvelles armes puissantes, mais finalement, avaient provoqué un appauvrissement profond de la vie spirituelle. Car l'humanité n'avait gagné le monde entier que pour perdre son âme.

Au milieu de nous aussi, il y avait des croyants divers et des adeptes de toute sorte de méthodes promettant le salut. Il y avait des bouddhistes qui voulaient convertir l'Europe. Il y avait des tolstoïens et des adhérents d'autres doctrines encore. Au milieu de ces gens, nous formions un cercle plus étroit. Nous les écoutions mais nous n'acceptions aucune de ces doctrines sinon en tant que symbole. Nous, les porteurs du signe, nous n'éprouvions aucune crainte à l'égard de l'avenir. Toute confession, toute doctrine promettant le salut par un moyen ou un autre nous semblait condamnée d'avance à la mort et à la stérilité. Et pour nous, le seul devoir, la seule mission consistait en ceci : devenir entièrement soi-même, développer le germe actif déposé en nous par la nature, être prêt, devant l'avenir incertain, à tout ce qu'il pourrait nous apporter.

Car tous, nous sentions, que nous l'exprimions ou non, l'imminence d'un effondrement du présent et d'une renaissance. Demian me disait parfois : « Ce qui arrivera est impensable. L'âme de l'Europe est semblable à un animal, qui, pendant très longtemps, a été enchaîné. Quand elle sera libre, ses premiers mouvements ne seront pas précisément gracieux. Mais qu'importent les chemins et les détours ! L'essentiel est que devienne manifeste la misère de l'âme moderne, misère que, depuis si longtemps, on s'applique à dissimuler, à étouffer. C'est alors que notre jour viendra. C'est alors que nous deviendrons nécessaires, non en tant que guides et nouveaux législateurs — nous sommes venus trop tôt pour cela — mais en tant qu'hommes de bonne volonté, prêts à aller où la destinée nous appelle. Vois ! tous les hommes ne sont-ils pas disposés à accomplir l'impossible quand leur idéal est menacé ? Mais personne ne se présente lorsque naît un nouvel idéal, lorsque s'esquisse un mouvement inquiétant, dangereux peut-être. Les rares individus alors prêts à s'offrir, ce sera nous. Car nous sommes marqués, comme Caïn, d'un signe destiné à susciter la crainte et la haine. Nous avons pour mission de pousser l'humanité, hors d'une idylle étroite, dans les espaces dangereux. Tous les hommes qui ont agi sur l'humanité, tous, sans distinction, n'ont été capables d'exercer cette action que parce qu'ils étaient prêts, soumis à la destinée. Ainsi en était-il de Moïse et de Bouddha, de Napoléon et de Bismarck. Il n'est en la puissance de personne de servir une vague ou une autre, de subir l'influence d'un pôle ou d'un autre. Si Bismarck avait compris les socialistes et s'était entendu avec eux, il aurait été un monsieur intelligent, mais non un homme de la destinée. C'est là ce qu'ont été César, Napoléon, Loyola et tant d'autres. Il faut toujours se représenter ces choses du point de vue biologique et de l'évolution naturelle. Lorsque les convulsions de la croûte terrestre eurent jeté sur la terre des animaux marins et dans la mer des animaux terrestres, ce furent les individus les plus forts qui accomplirent l'extraordinaire et, par de nouvelles adaptations, sauvèrent leur race. Si ce furent là les spécimens qui, autrefois, représentaient, dans leur espèce, l'élément conservateur, ou si ce furent plutôt les individus originaux, révolutionnaires, nous l'ignorons. Ils étaient prêts et, ainsi, ils furent capables de sauver leur espèce et de lui permettre par là des métamorphoses nouvelles. Cela est évident. C'est pourquoi nous voulons nous tenir prêts. »

Eve assistait souvent à ces entretiens, mais elle y prenait part à sa manière. Elle était pour chacun de nous, lorsqu'il exprimait sa pensée, un auditeur plein de confiance, plein de compréhension et un écho. Il semblait que toutes les pensées venaient d'elle et y retournaient. Etre assis à ses côtés, entendre sa voix de temps à autre, vivre dans le rayonnement de son âme, c'était là mon bonheur.

Lorsqu'un changement quelconque se produisait en moi, si, par exemple, mon humeur s'assombrissait ou si une pensée nouvelle me venait, elle le sentait immédiatement. Les rêves que je faisais me semblaient être inspirés par elle. Souvent, je les lui racontais et ils lui semblaient compréhensibles et naturels. Il n'était rien d'étrange que son intuition ne fût capable de saisir. Pendant un certain temps, je fis des rêves qui reflétaient nos entretiens de la journée. Je rêvais que l'univers entier était en plein bouleversement et que, seul ou avec Demian, j'attendais la grande destinée. La destinée restait voilée, mais elle laissait entrevoir les traits d'Eve. Etre choisi ou rejeté par elle, c'était là ma destinée.

Plusieurs fois, elle me dit en souriant : « Votre rêve n'est pas complet, Sinclair. Vous avez oublié ce qu'il renfermait de meilleur », et il m'arrivait alors de me rappeler ce que j'avais omis, et je ne pouvais comprendre mon oubli.

Parfois, j'étais mécontent et rongé de désir. Je ne pouvais plus supporter de la voir à mes côtés sans pouvoir la serrer dans mes bras. Elle le remarqua aussi immédiatement. Il arriva une fois que je restai plusieurs jours sans me rendre auprès d'elle. Lorsque je revins, plein de confusion, elle me prit à part et me dit : « Vous ne devez pas vous livrer à des rêves auxquels vous ne croyez pas. Je sais ce que vous désirez. Vous devez renoncer à ces désirs ou les désirer vraiment. Si vous pouviez être persuadé de la réalisation de votre désir, il s'accomplirait aussitôt. Mais vous désirez et, aussitôt après, vous vous en repentez et éprouvez de la crainte. Il vous faut dominer tout cela. Je vais vous raconter une histoire. »

Et elle me raconta l'histoire d'un jeune homme qui était amoureux d'une étoile. Il tendait les bras vers elle sur le rivage et l'adorait. Il rêvait d'elle et lui consacrait toutes ses pensées. Mais il savait, ou croyait savoir, qu'une étoile ne pouvait être embrassée par un homme. Il croyait que sa destinée était d'aimer sans espoir une étoile, et, avec ces pensées, il édifia tout un poème de renoncement, de souffrance muette, d'amour fidèle, qui devaient l'améliorer et le purifier. Mais tous ses rêves étaient pleins de l'étoile. Une nuit, il se trouvait au bord de la mer, sur un rocher élevé, et contemplait l'étoile, tout consumé d'amour pour elle. Et, dans un instant de nostalgie extrême, il fit le saut et se précipita dans le vide au-devant de l'étoile. Mais, au moment de sauter, il pensa encore, en un éclair : c'est pourtant impossible ! Et il vint se briser sur le rivage. Il n'avait pas su ce qu'est aimer. Si, au moment de sauter, il avait eu la force de croire fermement à l'accomplissement de son désir, il eût volé jusqu'à l'étoile et se fût uni avec elle.

« L'amour ne doit pas prier, dit-elle, mais il ne doit pas exiger non plus. L'amour doit être assez puissant pour devenir une certitude. Alors, au lieu d'être attiré, il attire. Sinclair, votre amour est attiré par moi. S'il m'attire un jour, je viendrai. Je ne veux pas faire de cadeaux. Je veux être conquise. »

Une autre fois, elle me raconta l'histoire suivante. Il y avait un amoureux qui vivait sans espoir. Il se repliait complètement sur lui-même et son amour le consumait. Le monde n'existait plus pour lui. Il ne voyait plus ni le ciel bleu ni la forêt verte. Il n'entendait plus bruire le ruisseau ni résonner la harpe. Tout avait sombré, et il était devenu pauvre et misérable. Mais son amour croissait toujours et il fût mort plutôt que de renoncer à posséder la femme qu'il aimait. Alors il sentit que son amour avait tout consumé en lui, et il le sentit croître et croître encore, si bien que la belle femme dut le suivre. Elle vint ; les bras ouverts, il l'attira à lui. Alors elle se transforma et, en frissonnant, il s'aperçut qu'il avait attiré à lui l'univers entier qu'il croyait avoir perdu à jamais. Elle se donna à lui, et le ciel et la forêt et le ruisseau, tout revint à lui, brillant de couleurs plus fraîches et plus belles, tout lui appartint de nouveau, lui parla de nouveau. Et, au lieu de posséder simplement une femme, il posséda le monde tout entier, et toutes les étoiles du ciel étincelèrent dans son âme, l'irradiant de joie. Il avait aimé et par là s'était trouvé lui-même. Mais la plupart n'aiment que pour se perdre.

Mon amour pour Eve remplissait toute ma vie présente. Mais, chaque jour, il prenait une forme différente. Parfois, je croyais sentir très nettement que ce n'était pas par sa personne que j'étais attiré, mais qu'elle n'était qu'un symbole de mon être intérieur et qu'elle ne voulait que me guider jusqu'aux profondeurs les plus secrètes de moi-même. Souvent, ses paroles me semblaient être des réponses de mon inconscient à des questions brûlantes qui me tourmentaient. Et puis, il était des moments où, à ses côtés, je brûlais de désir sensuel et où j'embrassais les objets qu'elle avait touchés. Et, peu à peu, l'amour sensuel et l'amour idéal, la réalité et le symbole se fondirent. Alors il m'arrivait, lorsque j'étais dans ma chambre et pensais à elle, avec une tendresse paisible, de croire sentir avec certitude sa main dans la mienne et ses lèvres sur les miennes. Ou bien, j'étais à ses côtés, je la regardais, je lui parlais, j'entendais sa voix, et ne savais plus si elle était réelle ou bien si elle n'était qu'un rêve. Je commençai à pressentir qu'il est des amours qui sont durables, immortelles. Lorsque je lisais un livre qui m'avait enrichi, j'avais la même impression que si Eve m'eût donné un baiser et, quand elle caressait mes cheveux et me souriait, et que la chaleur et le parfum de sa présence me pénétraient, j'éprouvais le sentiment d'avoir accompli un progrès intérieur. Tout ce qui était important pour moi, tout ce que je sentais comme appartenant à ma destinée pouvait prendre sa forme. Elle pouvait se transformer en chacune de mes pensées et chacune de mes pensées, prendre ses traits.

J'avais pensé avec une certaine appréhension aux fêtes de Noël que je devais passer auprès de mes parents, parce que je craignais de ne pouvoir supporter d'être éloigné d'Eve pendant deux semaines. Mais il n'en fut rien. Je trouvai délicieux d'être à la maison et de penser à elle. Lorsque je revins à H..., je demeurai pendant deux jours éloigné de sa maison afin de bien goûter la certitude que mon amour était indépendant de sa présence physique... De nouveau, je fis des rêves dans lesquels mon union symbolique avec elle s'accomplissait de façons diverses. Elle était une mer dans laquelle je me perdais. Elle était une étoile et, moi-même, j'étais une étoile en chemin vers elle, et nous nous rencontrions et nous sentions attirés l'un par l'autre. Alors nous demeurions unis, et, bienheureux, nous accomplissions éternellement l'un autour de l'autre nos cycles harmonieux.

Lorsque je retournai chez elle, je lui racontai ce rêve.

« Ce rêve est beau, dit-elle tranquillement. Réalisez-le. »

Au début du printemps, il y eut une journée que je n'ai jamais oubliée. J'entrai dans le vestibule. Une fenêtre était ouverte et le lourd parfum des jacinthes flottait dans l'air tiède. N'apercevant personne, je montai dans le cabinet de travail de

Demian. Je frappai doucement à la porte et, sans attendre qu'on m'eût répondu, j'entrai comme c'était mon habitude.

La chambre était sombre, les rideaux tirés. La porte conduisant à une petite pièce où Max avait aménagé un laboratoire de chimie était ouverte, et, claire et blanche, la lumière du soleil printanier en sortait, tamisée par les nuages légers. Croyant qu'il n'y avait personne, je tirai l'un des rideaux.

Alors, assis sur une chaise, près de la fenêtre voilée, je vis Max Demian, étrangement transformé, et, comme un éclair, une réminiscence me traversa l'esprit : « Une fois déjà, tu l'as vu ainsi ! » Ses bras étaient immobiles, ses mains reposaient sur ses genoux ; son visage, un peu incliné, les yeux grands ouverts, était sans regard et sans vie. Dans ses pupilles brillait, comme dans un morceau de verre, un petit reflet lumineux. Le pâle visage était celui d'un être complètement rentré en lui-même ; il était revêtu d'une fixité effrayante, qui le faisait ressembler à un très ancien masque d'animal sculpté au portail d'un temple. Il semblait ne pas respirer.

C'est ainsi — et ce souvenir me fit frissonner — que je l'avais vu, il y avait des années, lorsque j'étais petit garçon encore. Son regard avait été ainsi tourné vers le dedans. Ses mains avaient reposé immobiles l'une à côté de l'autre. Une mouche s'était promenée sur son visage, et, à cette époque — il y avait de cela six ans peut-être —, il avait paru aussi âgé et aussi jeune qu'aujourd'hui. Aucun pli de son visage n'avait changé.

Saisi de crainte, je sortis doucement de la chambre et descendis l'escalier. Dans le vestibule, je rencontrai Eve. Pour la première fois depuis que je la connaissais, elle était pâle et semblait lasse. Une ombre glissa par la fenêtre. Le soleil aveuglant s'était voilé subitement.

« J'étais auprès de Max, murmurai-je. Que s'est-il passé ? Il dort ou il est plongé en lui-même, je ne sais pas. Une fois déjà, je l'ai vu ainsi.

— Mais vous ne l'avez pas éveillé ? demanda-t-elle rapidement.

— Non. Il ne m'a pas entendu. Je suis redescendu immédiatement. Dites-moi, Eve, que lui est-il arrivé ? »

Elle passa le dos de sa main sur son front.

« Soyez tranquille, Sinclair. Il n'a rien. Il s'est retiré en lui-même. Cela ne durera pas longtemps. »

Elle se leva et, bien qu'il commençât à pleuvoir, elle sortit dans le jardin. Je sentis que je ne devais pas l'accompagner. Je restai dans le vestibule et m'y promenai de long en large, en respirant le lourd parfum des jacinthes et en contemplant mon tableau à l'oiseau au-dessus de la porte. Oppressé, je respirais l'ombre étrange dont la maison était enveloppée ce matin-là. Qu'est-ce que cela signifiait ? Que s'était-il donc passé ?

Eve revint bientôt. Des gouttes de pluie scintillaient dans ses cheveux sombres. Elle s'assit dans son fauteuil. Elle paraissait lasse. Je m'approchai d'elle, et me penchant sur elle, je baisai les gouttes de pluie qui étincelaient dans sa chevelure. Ses yeux étaient clairs et tranquilles, mais les gouttes me semblèrent avoir un goût de larmes.

« Dois-je monter ? » demandai-je à voix basse.

Elle sourit faiblement.

« Ne soyez pas si enfant, Sinclair, m'exhortat-elle à haute voix comme pour rompre un charme qui pesait sur elle. Allez maintenant, et revenez plus tard. Je ne puis vous parler en ce moment. »

Je sortis et, m'éloignant de la maison et de la ville, je courus vers la montagne. La pluie fine et oblique me frappait au visage. Les nuages se traînaient lourds et bas, comme poussés par l'angoisse. En bas, pas un souffle de vent, mais, dans les hauteurs, la tempête semblait régner. De temps à autre, le soleil perçait, éblouissant, le gris acier du ciel.

Alors, au-dessus de moi, glissa un nuage jaune. Refoulé sur le fond gris du ciel, il se transforma, en l'espace de quelques secondes, en un oiseau gigantesque qui se détacha de la masse confuse de nuages bleuâtres et, avec de vastes coups d'ailes, disparut dans le ciel. Alors la tempête éclata. Une pluie mêlée de grêle se mit à tomber et un bref coup de tonnerre éclata, irréel, effrayant, au-dessus du paysage fouetté par l'averse, mais, aussitôt après, un rayon de soleil perça les nuages et, sur les montagnes toutes proches, sur les forêts brunes, brilla, blême et irréelle, la neige pâle.

Lorsque, après plusieurs heures, je rentrai à la maison, trempé et gelé, Demian lui-même m'ouvrit la porte.

Il me conduisit en haut dans sa chambre. Dans le laboratoire, le gaz brûlait. Çà et là, des papiers étaient dispersés. Il semblait avoir travaillé.

« Assieds-toi, me dit-il, tu dois être fatigué. Quel orage affreux ! On voit que tu as été dehors longtemps. On va nous apporter du thé.

— Il s'est passé, commençai-je en hésitant, quelque chose de plus qu'un simple orage. »

Il me fixa d'un regard scrutateur.

« As-tu vu quelque chose ?

— Oui. Dans les nuages, j'ai vu distinctement une image.

— Quelle image ?

— C'était un oiseau.

— L'épervier ? Etait-ce lui ? L'oiseau de ton rêve ?

— Oui, c'était mon épervier. Il était jaune et immense et il s'est envolé dans le ciel bleu sombre. »

Demian respira profondément.

On frappa. La vieille servante apporta le thé.

« Sers-toi, Sinclair, je t'en prie. Je ne crois pas que tu aies vu l'oiseau par hasard.

— Par hasard ? De pareilles visions peuvent-elles être fortuites ?

— Non, certes. Cette vision a un sens. Le devines-tu ?

— Non. Je sens seulement qu'elle annonce quelque profond ébranlement des choses présentes, un pas dans la destinée, un événement qui nous concerne tous. »

Il se promenait de long en large avec agitation.

« Un pas dans la destinée ! s'écria-t-il. J'en ai rêvé cette nuit et, hier, ma mère a eu un pressentiment qui disait la même chose. Je rêvais que je gravissais une échelle placée contre un tronc d'arbre ou une tour. Lorsque je fus arrivé en haut, je vis le pays tout entier ; c'était une vaste plaine avec des villes et des villages en feu. Je ne puis encore tout raconter ; tout n'est pas clair encore dans mon esprit.

— Crois-tu que ce rêve te concerne ? demandai-je.

— Moi ? Certes. On rêve toujours de choses qui vous concernent. Mais ce rêve ne me concerne pas uniquement. En cela, tu as raison. Je distingue assez nettement les rêves qui se rapportent à mon propre moi des autres, très rares, qui ont une relation avec la destinée de l'humanité. J'ai rarement fait de tels rêves, et aucun dont je puisse dire qu'il était une prophétie et qu'il s'est réalisé. Les interprétations sont trop incertaines. Mais je sais, d'une façon absolument sûre, que j'ai rêvé cette nuit d'événements qui ne se rapportent pas uniquement à moi. Ce rêve se rattache à des rêves antérieurs dont il est la continuation. Ce sont ces rêves-là, Sinclair, qui ont été la source des pressentiments dont je t'ai parlé. Le fait que notre monde soit entièrement pourri ne suffit cependant pas pour prophétiser son écroulement ou ce qui pourrait lui ressembler. Mais, depuis plusieurs années, je fais des rêves dont je déduis ou qui me font pressentir que l'effondrement du vieil univers est imminent. C'étaient d'abord des pressentiments tout à fait faibles et vagues. Maintenant ils sont plus distincts et plus puissants. Mais je sais seulement qu'un grand événement, un événement terrible se prépare, un événement qui me concerne. Sinclair, nous vivrons ce dont nous avons si souvent parlé. Le monde veut se renouveler. On sent l'approche de la mort. Rien ne naît sans elle. C'est plus effrayant que je ne l'avais pensé. »

Je le fixai, inquiet.

« Ne peux-tu me raconter le reste de ton rêve ? » demandai-je timidement.

Il secoua la tête.

« Non. »

La porte s'ouvrit et Eve entra.

« Vous êtes donc là, tous les deux ! Vous n'êtes tout de même pas tristes, les enfants ? »

Elle était pleine de fraîcheur et ne semblait plus fatiguée. Demian lui sourit. Elle vint à nous, comme une mère s'approche de ses enfants angoissés.

« Nous ne sommes pas tristes, mère. Nous cherchions à sonder ces nouveaux signes. Mais cela ne sert à rien. Bientôt ce qui doit arriver sera, et alors nous apprendrons ce que nous aurons besoin de savoir. »

J'étais abattu cependant en prenant congé, et lorsque je traversai le vestibule, seul, le parfum des jacinthes me sembla fané, fade et mortuaire. Une ombre était tombée sur nous.

LE COMMENCEMENT DE LA FIN

J'avais obtenu de passer encore à H... le semestre d'été. Nous étions presque toujours dans le jardin au bord de la rivière. Le Japonais qui avait été vaincu à la lutte était parti, ainsi que le tolstoïen. Demian avait un cheval et faisait tous les jours de longues chevauchées ; aussi étais-je souvent seul avec sa mère.

Parfois, il m'arrivait de m'étonner de la tranquillité de ma vie. Depuis si longtemps, j'étais habitué à la solitude, au renoncement, à me débattre péniblement avec mes tourments intérieurs, que ces mois à H... m'apparaissaient comme une île de rêve où je n'avais qu'à vivre, à l'aise et enchanté, au milieu d'objets et de sentiments agréables. Je pressentais que c'était là un avant-goût de cette communauté supérieure que nous imaginions. Et, parfois, au sein de ce bonheur, un sentiment de tristesse profonde m'envahissait à la pensée qu'il ne pouvait durer. Je n'étais pas destiné à vivre dans la plénitude et le bien-être. J'avais besoin d'être harcelé et tourmenté. Je sentais que bientôt je m'éveillerais de ces belles images d'amour et que je me retrouverais seul, tout seul, dans le monde glacé des autres, où il n'y aura plus pour moi ni paix, ni vie en commun, mais solitude ou combat.

Alors, avec plus de tendresse, je me rapprochais d'Eve, heureux que ma destinée portât encore ces traits si beaux, si calmes.

Les mois d'été s'écoulèrent rapidement. Le semestre était près de finir ; mon départ était imminent. Je n'y voulais pas penser et n'y pensais point, mais, comme un papillon suspendu à une fleur, je demeurais attaché aux beaux jours. Voilà qui fut ma période de bonheur, le premier accomplissement de ma vie et mon admission dans la communauté. Et ensuite ? Je retournerais à mes luttes, souffrirais de nostalgie, aurais des rêves, serais seul.

Un jour, ce pressentiment me pénétra si fort que mon amour pour Eve s'accrut douloureusement. Mon Dieu ! bientôt je ne la verrais plus ; je n'entendrais plus son pas ferme résonner dans la maison ; je ne trouverais plus ses fleurs sur ma table. Et qu'avais-je obtenu ? Je n'avais fait que rêver. Je m'étais laissé bercer dans un songe agréable au lieu de chercher à la conquérir, au lieu de lutter pour la gagner, au lieu de m'efforcer de l'attirer à moi à jamais. Et tout ce qu'elle m'avait dit au sujet de l'amour véritable, quantité de paroles subtiles, d'exhortations, d'appels, de promesses peut-être, me revint à l'esprit. Qu'avais-je fait de tout cela ? Rien ! rien !

Je me plaçai au milieu de ma chambre, me concentrai en moi-même et pensai à Eve. Je voulais condenser toutes les forces de mon âme pour lui faire sentir mon amour. Il fallait qu'elle vînt ! Il fallait qu'elle désirât mon étreinte. Il me fallait embrasser ses lèvres mûres, inlassablement.

Je me dressai et me tendis jusqu'à ce que mes pieds et mes doigts fussent devenus de glace. Je sentais une force émaner de moi. Pendant quelques instants, j'eus conscience que quelque chose se contractait en moi, quelque chose de clair et de froid. Pendant une minute, j'eus la sensation de porter un morceau de cristal dans mon cœur et je sentis que c'était là mon moi. Le froid me monta jusqu'à la poitrine.

Lorsque cet état de tension extraordinaire eut pris fin, je sentis que quelque chose allait venir. J'étais épuisé jusqu'à la mort, mais j'étais prêt à voir Eve entrer dans ma chambre, passionnée et ravie.

Alors j'entendis le sabot d'un cheval résonner dans la rue. Le bruit se rapprocha ; brusquement, il cessa. Je courus à la fenête. En bas, Demian sautait de cheval. Je descendis en courant.

« Que s'est-il passé, Demian ? Il n'est tout de même rien arrivé à ta mère ? »

Il n'entendit pas mes paroles. Il était très pâle. La sueur coulait de ses tempes sur ses joues. Il attacha son cheval couvert d'écume à la clôture du jardin, me prit par le bras et descendit la rue avec moi.

« Sais-tu déjà quelque chose ? »

Je ne savais rien.

Demian pressa mon bras et tourna son visage

vers le mien avec un regard sombre, un regard étrange qui exprimait la compassion.

« Oui, mon petit, cela commence. Tu étais au courant de notre situation tendue avec la Russie ?

— Quoi ? Est-ce la guerre ? Je n'y ai jamais cru. »

Il parlait doucement, bien qu'il n'y eût personne dans le voisinage.

« Elle n'est pas déclarée encore. Mais elle ne tardera pas à éclater, crois-moi. Je n'ai plus voulu t'importuner à ce sujet, mais, depuis l'autre jour, j'ai eu à trois reprises de nouveaux indices. Ainsi, pas de fin du monde ! Pas de tremblement de terre, pas de révolution ! Ce sera la guerre. Tu verras comme elle sera bien accueillie. Ce sera une béatitude pour tous les hommes. Déjà maintenant, chacun se réjouit. La vie leur était devenue si fade ! Mais tu verras, Sinclair, que ce ne sera là qu'un commencement. Il y aura peut-être une grande guerre, une très grande guerre. Mais elle aussi ne sera qu'un commencement. Une ère nouvelle va s'ouvrir et elle sera terrible pour ceux qui sont attachés au passé. Que vas-tu faire ? »

J'étais consterné. Tout cela me semblait encore irréel, étranger.

« Je ne sais pas. Et toi ?

— Aussitôt que l'on mobilisera, je partirai. Je suis lieutenant.

— Toi ? Je n'en savais rien.

— Oui. C'était là un de mes compromis. Tu sais que, extérieurement, j'ai toujours cherché à ne pas attirer l'attention et que j'ai fait plutôt quelque chose de trop pour me conformer aux usages. Dans huit jours, je crois, je serai sur le front.

— Pour l'amour de Dieu !

— Allons, mon petit, il ne faut pas prendre cela de façon trop sentimentale. Au fond, cela ne me fera aucun plaisir de commander le feu lorsqu'il s'agira de tirer sur des hommes vivants. Mais il ne s'agit pas de nos sentiments personnels. Maintenant, chacun de nous va être happé par la grande roue. Toi aussi, tu seras certainement appelé.

— Et ta mère, Demian ? »

Je me rappelais seulement alors ce qui venait de se passer il y a un quart d'heure. Comme le monde s'était transformé subitement ! J'avais concentré toutes les forces de mon âme pour attirer à moi la plus douce image et, maintenant, la destinée me fixait tout à coup avec un masque effrayant, menaçant.

« Ma mère ? Oh ! nous n'avons pas à nous inquiéter à son sujet. Elle est en sûreté, plus que quiconque sur la terre en ce moment. Tu l'aimes donc à ce point ?

— Tu le savais, Demian ? »

Il rit franchement et sans aucune retenue.

« Petit garçon ! Naturellement que je le savais ! Personne encore n'a appelé ma mère de son nom sans l'aimer. Au fond, que s'est-il passé ? Tu as appelé l'un de nous, aujourd'hui ?

— Oui, j'ai appelé... J'ai appelé Eve.

— Elle l'a senti. Elle m'a soudain dit de partir, de me rendre chez toi. Je venais de lui faire part des nouvelles concernant la Russie. »

Nous retournâmes sur nos pas, en ne prononçant plus que de rares paroles. Il détacha son cheval et l'enfourcha.

Lorsque je fus remonté dans ma chambre, je me rendis compte combien le message de Demian, et plus encore ma tension précédente, m'avaient épuisé. Mais Eve m'avait entendu. Par la pensée, je l'avais atteinte, j'étais parvenu jusqu'à son cœur. Elle serait venue elle-même si... Comme tout cela était étrange et comme c'était beau ! Maintenant, la guerre allait éclater. Maintenant allaient se produire les grands événements dont nous avions parlé si souvent ensemble. Et Demian en avait eu la prémonition. Etrangement, le fleuve du monde ne coulait plus quelque part à côté de nous, mais tout à coup il passait au travers de nos propres cœurs. Une vie d'aventures, une destinée sauvage nous appelait. D'un instant à l'autre, le monde allait pouvoir nous utiliser, allait se transformer. Demian avait raison. Il ne fallait pas prendre ces choses de façon trop sentimentale. Il était étrange seulement que je dusse partager avec tant d'autres hommes, avec l'univers tout entier, cette affaire solitaire qui se nomme destinée. Eh bien ! j'étais prêt.

Le soir, lorsque je traversai les rues de la ville, elles grouillaient et bruissaient de gens excités. Partout résonnait le mot « guerre ».

Je parvins à la maison d'Eve. Nous mangeâmes dans le pavillon. J'étais le seul hôte. Personne ne parla de la guerre. Mais plus tard, peu avant que je prenne congé, Eve me dit : « Cher Sinclair, vous m'avez appelée aujourd'hui. Vous savez pourquoi je ne suis pas venue moi-même. Mais maintenant vous connaissez l'appel et, quand vous aurez besoin de quelqu'un qui porte le signe, vous n'aurez qu'à appeler, ne l'oubliez pas. »

Elle se leva et s'enfonça dans le jardin qu'emplissait le crépuscule. De sa démarche royale, elle s'éloigna entre les arbres silencieux ; au-dessus de sa tête, une myriade d'étoiles brillaient d'un tendre éclat.

J'arrive à la fin de mon histoire. Les événements se précipitèrent. Bientôt la guerre éclata et Demian partit, singulièrement étranger dans son uniforme avec le manteau gris argent. Je ramenai sa mère à la maison. Peu après, je pris aussi congé d'elle. Elle m'embrassa sur la bouche, me tint un moment pressé sur sa poitrine et ses grands yeux me fixèrent d'un regard ferme et brûlant.

Et tous les hommes se mirent à fraterniser. Ils parlaient de patrie et d'honneur. Mais ce n'était point là ce qui au fond les rapprochait. Ce sentiment nouveau était dû au fait que, pendant un instant, ils avaient contemplé les traits de la destinée, dépouillés de leur voile. Des jeunes gens sortaient des casernes, montaient dans des wagons de chemin de fer et, sur beaucoup de visages, je vis un signe — ce n'était pas le nôtre — un signe plein de beauté et de noblesse, le signe de l'amour et de la mort. Je fus aussi embrassé par des hommes que je n'avais jamais vus et je compris leur étreinte et j'y répondis volontiers. Ils agissaient ainsi dans une sorte d'ivresse. Bien que ce ne fût pas la volonté du destin qui se manifestait en eux, cette ivresse était sacrée ; ne provenait-elle pas du fait que, pendant un instant troublant, ils avaient fixé ce dernier dans les yeux ?

C'était presque l'hiver déjà lorsque j'arrivai sur le front.

Au début, tout me déçut, malgré les sensations nouvelles de la fusillade. Auparavant, je m'étais souvent demandé pourquoi un homme est si rarement capable de vivre pour un idéal. Maintenant, je constatais que beaucoup d'hommes, que presque tous sont capables de mourir pour un idéal, à condition toutefois qu'il ne soit pas personnel, librement choisi, mais commun à tous.

Mais, avec le temps, je me rendis compte que j'avais sous-estimé les hommes. En dépit de l'uniformisation résultant du service et du danger commun, j'en vis cependant beaucoup, vivants et mourants, se rapprocher magnifiquement de la volonté de la destinée. Un grand nombre d'entre eux avaient, non seulement au moment de l'attaque, mais constamment, ce regard ferme, lointain, absorbé, qui ignore tout des buts et exprime l'abandon complet à une destinée hors du commun. Ceux-là pouvaient penser ou croire ce qu'ils voulaient : ils étaient prêts, ils étaient utilisables ; c'est d'eux que surgirait l'avenir. Et, bien que le monde semblât toujours plus ivre de guerre, d'héroïsme, d'honneur, toujours plus attaché aux idéaux d'autrefois ; bien que la voix de l'humanité semblât toujours plus lointaine et plus irréelle, ce n'était cependant là qu'apparence, de même que la question sur les buts extérieurs et politiques de la guerre demeurait à la surface. Dans les profondeurs, quelque chose naissait, comme une humanité nouvelle. Car j'en vis beaucoup — et plus d'un

mourir à mes côtés — qui avaient nettement conscience du fait que la haine et la fureur guerrière,
la tuerie et la destruction n'étaient pas dirigées
sur des objets. Non, les objets, comme les buts,
étaient complètement indifférents. Les sentiments
primitifs, même les plus sauvages, ne concernaient
pas l'ennemi ; leur œuvre sanglante n'était que
l'expression de l'âme déchirée qui voulait anéantir
et mourir pour renaître. Un oiseau géant s'efforçait de se dégager de l'œuf et l'œuf était le monde
et il fallait que le monde fût détruit.

Devant la ferme que nous avions occupée, je
montais la garde par une nuit de printemps. Un
vent mou soufflait par bouffées capricieuses. Sur
le ciel des Flandres, très haut, chevauchaient des
bandes de nuages ; quelque part derrière eux, on
devinait la présence de la lune. Pendant tout le
jour, j'avais été agité ; je ne sais quel souci me tourmentait. Maintenant, à mon poste obscur, je pensais
avec tendresse aux images de ma vie d'autrefois,
à Eve, à Demian. Appuyé à un peuplier, je fixais le
ciel mouvant dont les lueurs mystérieuses se
transformèrent bientôt en une suite jaillissante
d'images. Je sentis alors à la faiblesse étrange de
mon pouls, à l'insensibilité de ma peau à la pluie
et au vent, à ma lucidité fulgurante, qu'un guide
était à mes côtés,

Dans les nuages, on voyait une ville immense,
d'où s'écoulaient des millions d'hommes qui se
répandaient en essaims dans de vastes plaines. Au
milieu d'eux se dressa une figure majestueuse de
déesse ; des étoiles scintillaient dans ses cheveux ;
grande comme une montagne, elle avait les traits
d'Eve. Dans ses flancs, comme dans une caverne

gigantesque, s'engouffrèrent les essaims d'hommes. La déesse s'accroupit sur le sol. Sur son front, le signe brilla. Un rêve semblait l'agiter. Elle ferma les yeux et son vaste visage se contracta de douleur. Tout à coup, elle poussa un cri, et, de son front, jaillirent des étoiles ; des milliers d'étoiles étincelantes, qui se disposèrent dans le ciel sombre en magnifiques cercles et demi-cercles.

En résonnant, une des étoiles se dirigea vers moi, sembla me chercher. Alors, elle éclata en mille étincelles. Arraché à mon point d'appui, je tombai sur le sol. Avec un bruit de tonnerre, le monde s'écroula sur moi.

On me trouva près du peuplier, couvert de terre, et avec de nombreuses blessures.

J'étais étendu dans une cave. Au-dessus de moi, le canon tonnait. J'étais étendu sur un fourgon qui, en cahotant, traversait des champs vides. La plupart du temps, je dormais ou j'étais sans connaissance. Mais, plus mon sommeil était profond, plus je sentais violemment que j'étais attiré par une force mystérieuse qui me dominait.

J'étais étendu dans une étable sur de la paille, il faisait sombre. Quelqu'un m'avait marché sur la main. Mais mon âme voulait aller plus loin. Avec force, elle me poussait en avant. De nouveau, je fus couché sur un fourgon et, plus tard, sur une civière ou une échelle. Je sentais toujours plus fortement que j'étais appelé quelque part. Je n'éprouvais que le besoin d'atteindre enfin cet endroit.

A présent, j'arrivai au but. C'était la nuit. J'étais tout à fait conscient. Je venais d'éprouver puissamment la force qui me tirait en avant. J'étais

218

couché sur le sol, dans une salle, et je sentais que j'étais arrivé là où j'avais été appelé. Je regardai autour de moi. Tout à côté de mon matelas, il y en avait un autre et quelqu'un y était étendu. Il se pencha en avant et me regarda. Il avait le signe sur le front. C'était Max Demian.

Je ne pouvais parler et lui ne le pouvait pas non plus ou ne le voulait pas. Il me regardait seulement. Son visage était éclairé par le reflet d'une lampe suspendue au mur. Il me souriait.

Pendant très longtemps, il me regarda ainsi dans les yeux. Lentement, il approcha son visage du mien jusqu'à m'effleurer.

« Sinclair ! » murmura-t-il.

Du regard, je lui fis signe que je comprenais.

Il sourit de nouveau avec une sorte de compassion.

« Petit garçon ! » dit-il en souriant.

Sa bouche était maintenant tout près de la mienne. Il continua doucement :

« Te souviens-tu encore de Frantz Kromer ? »

Je clignai des yeux et pus même sourire.

« Mon petit Sinclair, fais bien attention. Il me faudra partir. Peut-être, une fois encore, auras-tu besoin de mon aide, qu'il s'agisse d'un Kromer ou d'un autre. Quand tu m'appelleras, je ne viendrai plus de façon aussi matérielle qu'à cheval ou par le train. Il faudra que tu écoutes en toi-même, et tu remarqueras alors que je suis en toi. Comprends-tu ? Et, autre chose encore... Eve m'a dit que si jamais il t'arrivait malheur, je devais te donner le baiser qu'elle m'a donné. Ferme les yeux, Sinclair. »

Docile, je fermai les yeux, et je sentis un léger

baiser sur mes lèvres, toujours tachées d'un peu de sang qui ne voulait pas diminuer. Puis, je m'endormis.

Le matin, on me réveilla pour me panser. Lorsque je fus entièrement éveillé, je tournai rapidement le regard vers le matelas à côté de moi. Un homme étranger y était étendu, que je n'avais jamais vu.

Le pansement me fit souffrir. Tout ce qui m'arriva depuis me fit souffrir. Mais quand, parfois, je retrouve la clef et que je descends tout au fond de moi-même, là où sur un miroir obscur sommeillent les images de la destinée, je n'ai qu'à me pencher sur le sombre miroir, et je vois mon image qui, maintenant, lui ressemble entièrement, à lui, mon ami et mon guide.

TABLE

Composition réalisée par C.M.L. - PARIS

IMPRIMÉ EN FRANCE PAR BRODARD ET TAUPIN
Usine de La Flèche (Sarthe).
LIBRAIRIE GÉNÉRALE FRANÇAISE - 6, rue Pierre-Sarrazin - 75006 Paris.

ISBN : 2 - 253 - 02291 - 8　　　　　　　⊕ 30/5300/6